后浪

海峡出版发行集团 | 海峡文艺出版社

馅饼盒子

米哈 PIEBOX 著

目 录

1 前言：馅饼盒子
3 我与你与一只狗叫布
67 一个失踪企业家的传记
91 塔克斯之役
113 渠王
119 牛人计划
145 他们以后在夜里团聚
173 后记：金壁虎·DSM-5·收纳术

前言：馅饼盒子

门铃叮当、叮当。

我打开大门，
看不见预期中的身影，那总靠着墙角等待我开门的你，
不在。

门前多了一个纸盒，一个不大不小的正方盒子。
盒子上，印了 P-I-E 三个字母，红底白字，我姑且称它为一个馅饼盒子。

我想起了那六个故事，那六个你告诉我的故事。
我又想起，
原来记忆中那总靠着墙角等待的身影，并不是期待着我开门的你，

而是等待我关上大门,正要离开的你。

咣的一声,
我们没有再见,但我又想你了。

于是,我好好地,
将这六个故事,写了下来。

我与你与一只狗叫布

一

"如果由一个孩子做判断,他还不懂事;如果由一位学者做判断,他已先入为主。"这是我十五岁那年,抄在一本本子第一页的一句话。

我喜欢买本子,各式各样的本子。买的时候,我总是赋予它们一个功能,仿佛就此给了它们一个身份。它是一本新一年的日记簿;它负责记录创意点子;它是我到 Ljubljana[①] 的旅行日志。一本又一本,我都会好好地在它们的第一页写上一段话,又或抄下一句不知哪里来的所谓名言。好像,每本本子的生命,都由一句说话开始。不久之后,我才知道,每一篇第一页,其实,都在宣告

[①] 卢布尔雅那,斯洛文尼亚共和国的首都。

一本本子的结束。因为，我是一个习惯半途而废的人。

本子，我喜欢这样称呼它。一本一本，整整齐齐地放在我的书架上，都被我真心真意地写上了第一页，也有个别的本子，被我写上两三页，才搁到书架。每一本被我遗弃的本子，在开始了第一页，而又被放下了以后，我就无法把它们再拾起来。我无法重新赋予它一个新的身份。那是一段跟我独有的关系，却又完结了。看着每一本本子，我几乎没法想起我曾在哪里看到它，或在什么情况买下，而读着每一本的那一篇第一页，我都像读着某人的故事，读着某个造作的人，在某一刻记下的说话。我不相信，这个人写下这段话时，他是真心的。

"疯狂，是把错的观念放在一起，做出错误的前提，但以后的推理却正确无误；至于白痴，则极少或没有前提，而且也很少推理论证。"那时，我十八岁，从另一本日记，抄下了这一句话。在这九年间，我没办法表达我的想法，什么话都没有写下来。不过现在，可以写了。或许，我写下了这第一页，以后，一切又会再被搁下。

我曾经以为，唯有在纸上，我才能够与他沟通，唯有拿着笔，我才有机会明白他是如何思考。他是一位作家，这是他自以为的唯一身份，也可能是他唯一知道的事。而他不知道的事很多，包括他不知道自己是一个不称职的父亲，以及一个不成功的作家。Gainsbourg[1] 好像说过，如果有一天，你兴高采烈地完成了一次创作，然后拿给你的父亲一看，而他又对你的创作赞不绝口，那表示，你的创作糟透了。因此，我想，我的创作大概从来不至于糟透的境地。

他说，在二流作家中，他是最好的。我认为，他最多在三流末席，因为很多年以后，我才知道他这句所谓的座右铭，也是抄袭的。他唯一称得上为作家的一个条件，只是他能够一直坐在案前写字、写字、写字……

在二〇〇三年八月某一个黄昏，我赶到了那间灰蓝色的医院，里里外外都是灰蓝色的。我记得那一天天空的颜色。在离开校园大门，等待过马路的时候，我抬头看，想起 Martin Amis[2] 在《金钱》中的一行字，那一片天空像"一抹上帝的绿鼻涕"。那间医院是为临终者而设

---

[1] 塞日·甘斯布，法国歌手、作曲家、作家。
[2] 马丁·艾米斯，英国作家。

的，没有多少人会记得这间医院的准确位置，因为大家可能只会来访一次，又或两次——你要探访的人就已经走到死亡那边。那一年，医院的隔离措施特别严谨，每一次出入，护士都问，"你是来探望哪位亲友呢？"；每一次，我都想跟她说，我不是来探访亲友；每一次，我都期望她说，"你的父亲情况稳定，我们不建议你进去探望"；但每一次，她都让我进去。她穿着粉蓝色制服，料子虽然很厚，但很紧绷，我能够看到她身体的线条；她总是戴着绿色的口罩，露出一双眼睛，很深色的瞳孔，很长的睫毛，是真的，一条一条的睫毛。那时，那些要天天贴上的假睫毛还不流行。话说那些假睫毛，总是让我想起，在教堂里耶稣铜像头上的铁丝光环。

医院在岛上南部的小山坡上，没有丝毫的风光明媚。他已经进行了三次的脑部手术，左后方的头颅整个下陷了，再没有什么意识，但我知道，他感受到痛苦。我还是如常地给他念诗。他喜欢多多的诗，那天，我给他念的是北岛："毒蛇炫耀口中的钉子／大地有着毒蛇／吞吃鸟蛋的寂静／所有钟表／停止在无梦的时刻／丰收聚敛着"。其实，怎样才叫"聚敛"？

在客厅整理父亲的物件，从医院拿回来的淡绿色的旅行包中,我找到一本日记。这本日记,有七百多页纸,写满了大半。我读着、想着,这肯定是他写过最好的文字,一点儿也不造作。

*

小时候,我有一阵子住在姑姑的家,也在这岛上。姑姑的家很精致,地砖是绿色与白色组成的菱形平面,天花有一把米白色的吊扇,吊扇的中央是一盏展开五片花瓣状玻璃的灯,发出淡淡的黄光。姑姑在朝南的房间一角,筑起了我的空间,给我一张由衣车[①]改装成的小书桌,旁边放了一个书架。每天放学,我便踏着那桌底的踏板,一边踏踏板,一边念书,姑姑就在旁边撒开一撮米,捉谷牛。直至姑姑都能够把我念的书背诵出来,姑丈就会叫开饭。

*

关于"父亲",我还想多写一段。

[①] 粤语中,称"缝纫机"为"衣车"。

我从来不知道应该如何妥当在文字间安放"父亲"这生物体的指涉。单字一个"父"的话，念起来很突兀，而偏偏我又是一个喜欢将文字念出来的人；写"爸爸"的话，就算不是装嫩，也是虚伪的；"我父"又是一种关系的符号；"父亲"好像已经是最中庸的了，尽管也虚伪，但又是有趣的；"父亲"一词，我念起来，一点亲切感也没有。

我第一个认识的字，是父亲教我的，就是一个"文"字。没有多少宏大的理念，不是要我明白"文"的重要，也不是要寄语我什么，只因为这个"文"字，有四个核心的笔画，一点一横一撇一捺，写好了一个"文"，可以写好四个笔画，很划算。记得十七岁生日那天，我在客厅的鲜红色绒毛沙发上躺着发白日梦，他突然从书房走出来，拿着一张已经有点发黄的宣纸，煞有介事地说要送我一幅字。上面写着：

㊉ ㊉ ㊉
天　天　写

"天、天、写"，白纸黑字三个字，再以红墨圈上。

他花了十七年的时间，随随便便地怂恿我成为一个作家，没有成功。然后，他打算花一天的时间，写一幅

不对称的字,就三个字,以教导我如何成为一个作家,很划算。

在我的纸上,轮到我写,我想写的。

二

这件事,发生在我十八岁那年的冬天。从二〇〇三年十一月廿二日开始,二〇〇四年二月十三日结束,不足三个月的时间。

三

"你说,我像胶袋吗?"

荣靠着篮球场的铁丝网,气喘如牛地说。

我没有回答荣,因为他说话的对象,是他脚边的一只蚁。我跟荣,与一名在球场上认识的陌生人,刚输了一场三对三的比赛。在这之前,我们连胜了四场。我喜欢跟荣打篮球,应该说,我喜欢跟他打篮球,然后输掉赛事,在场外听他说话。

"我不能够再与一班垃圾工作。"荣继续一边气喘,一边说着,"我天天保护那一班垃圾,你说我的存在跟一个胶袋有什么分别呢?"

"嗯,那你想怎样?"

"我要的是生命力,有生命力的同伴,你明白吗?"

"嗯。因此?"我说。

"因此?"

"因此,你就不像胶袋了。"

"像避孕套吧。"荣说。

"嗯。"

我的眼睛没有离开那一只蚁,只是默默点头。荣说到这里,突然吼叫了一声。在球场上几乎没有人会留意到荣的吼叫声,球场就是一个释放原始能量的地方,大家早习惯了各种奇异的叫声和动作。从九月开始,我几乎每天跟荣打球。一开始,我们一行五人,大家都显得一副义薄云天的模样,说要每天来陪我,慢慢,只剩下我们两个。

这个球场在我家东面一千二百米的公园里,公园建在海旁,但球场被一排排的铁冬青树包围着,所以风并不大。在一个四四方方的区域,间隔了两个篮球场,一共有四个篮球架,同时进行着三场三对三的比赛,剩下的一个是让大家自由投篮的地方。所谓"大家",主要是指一班小学至初中的孩童，他们还年轻，跟比他们大十多岁的人比赛，五分钟就要输掉，然后他们又要沦为第五队等候的球队，再等至少一百零五分钟才到他们的另一个五分钟，而他们的父母只会在家里纳闷，为什么孩子打篮球两小时都不回家，而他们不会知道孩子只是在球场追逐篮球两个五分钟。因此，大家留下了一个篮球架让"大家"玩。很公道的一个球场。

"我不能再忍受了！"

荣歇了一会儿，又再埋怨起来，他总是喜欢嚷着同一个主题，反反复复。

"我没有办法在那里再待下去，我的身体不容许我在那里待下去。那里连半个像样一点的女孩都没有，快把我无聊死。"

"什么叫半个？"我说。

"一个人分别有正面的'半个'，以及背面的'半个'。连半个都没有就是我工作的地方，连一个背面可以让我有丁点幻想的女孩都没有，明白吗？"

"明白吗"是荣的口头禅，仿佛世界有很多事都很难明白。荣喜欢读哲学，尤其西方哲学，我相信读哲学与他自大的性格有莫大关系，我亦有理由相信，他刚才在模仿 Alcibiades[1] 的方式发言。荣说话的关键词，还有"存在""理想""死亡"。很多人会觉得荣怪怪的，不易相处。可能吧，因此我跟他还挺合得来。荣说话，总是喜欢突如其来转换话题，然后将你引入一个不知道如何应对的说法里。但这没有给我多大为难，一来我不怕冷场，二来从我懂事起，我就学会了应付这类人，只要跟他不着边际，一切都会显得很自然。

不知道荣又说了什么，只听到最后几只字："明白吗？"

"嗯。就是我们总是埋怨自己没有一双翅膀，但从来不会感谢我们的一双腿。"我说。

"哦，对啊！如果这样，这只蚂蚁一定比我们快乐，你看，它有六只脚，一共三双。"

说罢，荣轻轻地踏死了那一只蚁。

四

我第一次遇见荣，在两年前，也是一个冬天。

那一天，我在返回市区的铁路上。去程，是因为要

---

[1] 亚西比德，古雅典将军、政治家，苏格拉底的生死之交。

见一个约好了的人，回程，因为她失约。当然，真实的故事，可能比这样一句的描述要暧昧很多，但相信我，绝没有复杂多少。一切不清不楚的关系，水落石出之后，总是清楚得吓人。

我倚靠座位旁的玻璃站着，读着那一条短讯，四个字："不如不见"。抬头一看，对面站着的男人在读Zizek[①]的《The Metastases of Enjoyment》[②]，我想，究竟谁会在地下铁读Zizek呢？

他就是荣。我不记得我们之后是怎样勾搭上的，很可能是我也从袋中拿出一本《酒徒》，或是《地的门》之类的书引诱他。总之，我记忆中跳接的下一个镜头，就是我们在他房间的地毯上喝得烂醉如泥。

"你还可以？"荣问。

"我很好。"

"一直都这样易醉吗？"

"我很好，只是你不知道。"我说。

荣又开始讲学，这一课是形而上学。荣的家很别致，他与婆婆[③]同住，但他有自己一间独立房间与浴室，房间中央放了一张黑色的地毯，房门对面的墙有靠山的

---

① 斯拉沃热·齐泽克，斯洛文尼亚社会学家和哲学家。
② 中文简体版译为《快感大转移》。
③ 指外祖母。

窗户，而其余两面的墙则放满了书。看见这样一个没有书桌的格局，我问，你不用写作吗？荣没有回答。

荣跟婆婆两个人同住的前因后果，我一直没有问，他也从来没特别想告诉我，只是有时提起童年往事一句起两句止，而我也没兴趣知道更多。我跟荣天南地北而不谈家事，算是一种彼此的默契。

大概当他谈到康德的时候，我问："其实，我应该怎样称呼你呢？"

"你是什么年代的人啊？什么叫'称呼'？"

"'称呼'啊！就是我应该怎样叫你啊。"

"不就是叫嘛！说什么'称呼'？"

"嗯，怎样叫你呢？"

"荣。"

"好普通的名字啊。"

"繁荣的荣。"

之后，荣没有问我的称呼，我的代名词是"先生"，而那一夜，荣一直为着什么叫"一直"侃侃而谈。而我，心里还是想着她，那一个失约的她。

那一夜，我们还是实实在在地做了一件事——用破烂的碗布处理我吐了一地的烂摊子。我们成了朋友，而以后，我们只会在便利店外（就是在球场附近的那一间）喝罐装啤酒。

五

我与荣的生活轨迹，不知什么时候形成一个习惯，篮球场的下一站，就是那一间在球场东南面二百米的便利店。我们在便利店买两罐啤酒，一人一罐，坐在门口的花槽上，一边喝，一边聊天。三百三十毫升，成了我们的时间单位。

"你干吗总是喜欢一个人？"荣说。

"我不是在跟你喝酒吗？"

"没有啊，我们是各自在一起喝酒啊！"

"你怎么这么多废话。"我以糟糕的语气回答。这也是我不喜欢酒精的原因，喝了酒，一切都失控，舌头、情绪，还有皮肤的颜色都没有办法好好控制。后来，我明白了一个道理，当你越讨厌一样东西，你对它越发没有抵抗力。因此，我酒量很差，也在人生很多的面向表现得很差。

"心情不好吗？"荣继续说。

"没有心情不好。"我看着花槽中新长出来的一排米白色的菇答道。

"这几天，我在想，我们不如一起做些什么？"

荣说。

"荣，我不想跟你做。"这时，我的意识回来了三分。

"我的意思是，我们试试一起思考。"

"吓？"

"我们一起写一部小说，你一章，我一章，一起思考，一起为难对方。"荣说。

就因为"为难对方"这提议，我竟然同意了。而荣也兴奋起来，每一次想到了新点子，他都这个德行，感觉像小狗兴奋时摆动的尾巴。

"我们写一个怎样的故事呢？冒险？爱情？还是武侠的？其实，侦探的也可以，就是要先计划清楚。你说呢？"

"会用来出版吗？"我问。

"先生，"荣说，"你是我认识的朋友当中，最没趣的了。"

"嗯，但肯定也是最有趣的了。"我说。

六

我们的小说发生在一个不真实的时空，时间大概是想象出来的中古世纪，地点是一个叫"寺末度"的森林，人物的服饰像儿时看的罗宾汉动画，而故事，是关于一个叫"李"的男孩，从森林外的宁静村庄，走进森林的中央，为了找寻一份失落了的"巧克力馅饼食谱"的冒险故事。在路途上，他遇上了一个女孩，叫"妮"。

为了这个冒险动机，我跟荣吵了三次架，有一次还是不欢而散，我不能理解他对"巧克力馅饼"的执迷。总之，我最后妥协了。

·

"我们在这三岔口转了三个圈了。又回来了，怎么办？"李说。

"不好吗？"妮这样问。

李随意地从白桦树上撕下了一片树皮，然后送入口中，"没有说不好，只是又回来了。"

"饿了吗？"

"没有，只是想咀嚼。"李一边用力地咬树皮，一边回答。

"你不是在诱惑我吧？"

"靠咬树皮？"

"靠咀嚼。"

妮向着李淡淡一笑。李吐出了口中的树皮："又回来了，怎么办？"

"你说呢？"

"我说，继续往中间这条路走。每一条路，走到底，都是一个终点。"

"你肯定吗？"

"不肯定。但至少，有一个终点。"

"那我们不会第四次回来这三岔口吗？"

"天知道这是不是同一个三岔口。"李望着妮说道。

"你肯定吗？"

"不肯定啊。"李说。

"很好，那我跟你走，一路走下去。懂得说不肯定的人，总是值得信任。"妮说。

七

那是一个晴朗而宁静的下午。那时，我在读小学四年级下学期。

我读全日制小学。每天放学回到家，大概是下午五时，刚好赶得及电视播放全日最后的一部卡通。

回到家，我跟在厨房准备晚餐的妈妈打了一个招呼，便走到客厅看电视、吃茶点。故事说到主角的模型四驱车快要被敌人的车以后轮逼出跑道之际，便忽然出现"待续"的字幕。我只好看完片尾歌,然后自动自觉地关了电视,开始做功课。"自动自觉"是妈妈常用来夸我的字词,妈妈说我从小就很懂事,感觉"像一件美式快餐店的炸鸡件",意思是,我总是可爱而静静地待在群体中,自动自觉,安分守己。她不明白,一件炸鸡件根本不知道自己有不安分的权利。

那一阵子,父亲又去远行了,家中只有妈妈与我。父亲几乎一年只会在家待四个月,其余时间他都在仿效他的偶像 Jack Kerouac[1],一直在路上,他们的具体分别有二:一、父亲的路线比较国际化,不单是 Denver、California、Texas[2] 之间的来回穿梭,而是五大洋七大洲的出走;二、父亲没有写成任何一本巨著,而他的儿子只喜欢看他偶像的书。我喜欢父亲四处游历——至少那时候的我是这样想——每次父亲远行回来,都会带当地的口香糖给我,于是我便可以在小息时跟同学炫耀手上来自阿根廷的口香糖。

妈妈与父亲之间有一种默契,就算父亲出走多远,每次离开的日子不会超过四十天,哪怕他回来两天后又

---

[1] 杰克·凯鲁亚克,美国作家,"垮掉的一代"代表人物,著有长篇小说《在路上》等。
[2] 分别为丹佛、加利福尼亚、德克萨斯,都是美国地名。

再出门,总之,他每次出门不会超过四十天。每次回来,父亲都会给妈妈带来一双小耳饰,就算是去地球两极一般的荒土,父亲也会用声称从某处捡来的精致小细石来弄一双耳饰给妈妈。

"开饭了,开枱。"妈妈从厨房叫出客厅。

我收拾好桌子,妈妈将饭菜一碟碟地拿出来,有我喜欢的青椒鱼肉、乌头点豆瓣汁、蒜蓉炒芥蓝。

"汤还未好,先吃饭吧。"家常便饭,妈妈一边吃,一边问我在学校发生的事:早会前赶忙吃完了鸡尾包、中文课不懂得回答老师问题、第一个小息看同学用从家中偷来的盐撒蜗牛、科学课学引力、中午饭是炒银针粉……我习惯了每天跟妈妈报告一天上课的情况,我曾经以为,上课就是为了回来和妈妈报告的。

"啊!"妈妈猛然地叫了一声,倏地跑到厨房。妈妈拿着汤煲回到客厅,说她忘了火候,汤差不多都干了,只剩下一碗。妈妈将剩下的汤倒入我的饭碗,刚好,一碗不够。然后,妈妈便放下了汤煲,将我抱进她的怀里,哭起来了,一直在哭。一直在哭。我安慰妈妈说:"妈妈,明天再煲吧!"妈妈没有回答。

那天晚上,姑姑来把我接走。之后的事,都在再正

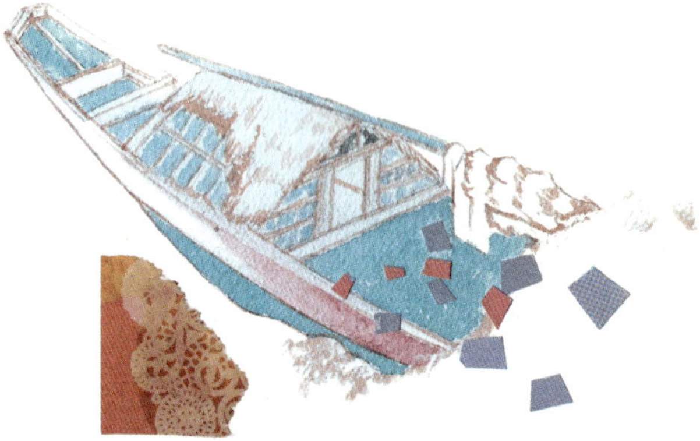

常不过的轨迹上发生，妈妈跟父亲离婚，不想带我，也没有再见我，而我，如常地长大。

八

我醒来的时候是早上六时三十七分。第一个进入意识的是阳光，"昨晚居然忘了拉窗帘睡觉？"第二个意识是我的右手手臂不知为何麻了，"这个睡在身旁的女孩子是谁？"第三个意识是宿醉头痛，喉咙干得要命，"我应该吵醒她，还是就这样渴下去呢？"

事后回想，当时的我有着不寻常的冷静。这是我第一次带女孩回家过夜，而事实上我一个多月前才刚拥有一个只有自己的家；第二，这是我人生第一次与不认识的女孩同床；第三，我对于发生了什么事，一点儿头绪都没有。

女孩背对着我睡。因为她的头枕在我手臂的关系，我只能够以一个奇怪的角度望望这个女孩。女孩没有盖被子，但身上穿了一件白衬衣，对于这件白衬衣，我有两点是肯定的，第一，它是我的；第二，她穿得比我好看。很好看，我一直盯着看，一边满足自己的好色，一边试图回想发生了什么事。

女孩剪了一个短发，发根削薄了，发尾的长度刚好露出她白皙的颈项，阳光晒到她的身上，刚好将她颈背的汗毛照出一个焦点来。女孩子的身材细挑，我的衬衣刚好盖及她臀部浑圆的曲线，而这条曲线一直伸延至她纤细的足踝，以及左腿脚跟上的一个小小的文身图案。

这时，她转身。

"早晨。"女孩子睡眼惺忪，慢慢地转过身来，对我嫣然一笑。

女孩子长了一副清爽的模样，清秀的眉毛，水灵的眼睛，简单来说，我觉得她长得相当好看，尤其她的一双眼，很亲切。当然，我不可能说"你好面善啊"，这会是最差的开场白。然后，她先开口。

"不记得我了吗？"

女孩子坐起身来，跟我对目而视，阳光刚好晒到女孩子的身上，白衬衣透出了她身体的阴影。在这个冬天的早上，我听到一种属于温度的声音，从我的耳背弥漫到整个屋子。

"不记得我了吗？"女孩子再问一次。

我摇了摇头，然后感觉到自己两颊发烫。

"你试想想。"

我开始想，试试从头开始想想。

十一月的最后一个星期，天气开始冷了。昨天，我开了一屋的暖气,从早上到下午,就在这位子,在这床上拿着父亲的日记,随意地翻看。读到黄昏,我终于感到纳闷。于是,我便约荣晚上到篮球场去。到了球场,看不见荣的踪影,他也不接我电话。我一场球赛都没有参与,只是在旁呆等,等了三小时,觉得等够了,便走到便利店,惯性地买了两人量的啤酒,就是两罐罐装啤酒。

"两罐啤酒就醉了?"我大概搞清楚事情,尽管不能理解。

"可能吧,我捡起你的时候,旁边就两个空罐子。便利店店员说要否给你叫警察?我说,我送你回家就好了。"

"你怎知道我地址的?"

"你身上有电话啊,上面有数个未接来电,我便打过去。初时,他不相信我,我便与你自拍了一张合照,传给他,他就信我了。"大概有点凉意,女孩子开始把被子拉到身上。

"为什么他不来接我呢?"我问。

"可以给我煮杯咖啡吗?"她没有理会我,说,"我看你的厨房,咖啡装备很齐全。"

"你都参观过了。可以怎样称呼你呢?"

"称呼?我跟你说过我的名字啊!"

"对不起，真的记不起来。"

"那你记着了，"她微笑说，"我叫丁。"

"我叫一。"

"就是一二三四的一？"

"嗯，我去弄咖啡吧。"

"两杯吧，也给你自己一杯嘛！"

我到厨房弄了两杯咖啡，回到客厅时，丁已经打理好自己的仪容，穿上一条灰绿色格子的连身裙，手中折叠着我的白衬衣。我跟她在饭桌呈 L 形般坐下，丁开始说她怎样凭一己之力送我回来，又怎样一路上跟荣通电谈话，而我，却一心等待她说回家之后的事。

"就这样，我们就回来了，你说我多厉害。一个女孩子啊，不容易呢。"

"嗯，多谢你。"我说，"嗯，然后呢？"

"然后？"丁停顿了一刹那，故意的，"然后，你想知道什么呢？怎么都面红了？"丁弄出了一副装可爱的样子盯着我看，而我，那不能自控的老毛病又来了。从小时候开始，我就这样，明明没有说谎，老师一质问，意识里没有一点儿心虚，脸却总是红起来，老师就真以为我说谎；到长大了，要到台上演讲，明明准备十足，自问一点儿紧张都没有，但上了台，却又一脸通红。我只能说，我的面部血管比我的心情要来得敏感。

"一下!"丁说。

"吓?"

丁扑哧了一声,说,"一下。都不行。你完全不行,太醉了。"

"嗯。对不起。"我顺口答了一句,又反悔了,怎么要说对不起呢。这时,我感到我的脸更红。

"没事,下次吧。"丁又盯着我微笑了。我感到一种不懂招架的恐惧,因此,我逃了去拿瑞士卷给她吃——之后荣说我这一步错极了,因为我是不应该跟她一起吃早餐的——但这算早餐吗?

丁从沙发旁找回她的外套往身上穿。我站在门口,打开了一扇门。我一副生硬的模样等待着送她出门口的一刻。她说她要赶上班,那时是早上八时四十八分。丁走到玄关,盯着大门旁的矮身书架,蹲下来,拿起了《卡拉马佐夫兄弟》上册。

"这本书,红通通的,很可爱,借我看吧!"丁说。

"你要怎么还呢?"

"我有你地址啊!也记下了你电话号码。拜拜。"

我来不及再给一个反应,丁已经沿楼梯下楼了。

九

荣开始沉迷写作小说背景的资料搜集，天天埋头在一大堆关于魔术、猎巫和拜火教的书堆中。我们的见面，也从"先球场，后便利店"，直接简化为"到便利店等"，最后一个"等"字可圈可点，就是说，"等吧！也可能等不到"。对于这样的改变，我还是事后才想到，反正我也不能介意什么，因为理论上我是应该跟荣一起读那些写作数据的，但当"我们"的写作计划慢慢被塑造为一个"魔幻历险异域寻宝"的故事以后，我实在提不起劲继续跟荣写下去。而荣也不怪责我，他好像特别能体谅我不想写作的欲望。

我推开了便利店的门，下意识走到左边转角的玻璃柜，然后拿了一罐特价的浅蓝色的罐装啤酒，付钱。

"今天要换一换口味吗？"女便利店员说。

"喔？"

"你跟朋友不都是买绿色那个的吗？"她说。

"绿色？嗯，Heineken[①]。"我说，"这个便宜嘛，反正啤酒都像马尿一般的淡，我不讲究这个。"

"马尿？"她挣出了勉强的笑容。

[①] 喜力啤酒。

"嗯，对不起，这是一个比利时啤酒广告的笑话。真恶心，对不起。我们认识的吗？"

"我在这里工作了一年多，多数是夜班的。"她说。

我吞下了"一年多？怎么好像没什么印象"这句话，然后，我们开始聊起来。原来这间便利店是她家人开的，她上了高中后，有空便过来帮忙，通常都在晚上九至十二时这段时间，因此常常碰到我与荣。她是一个害羞的女孩，而我发现，她也是好奇的一个女孩，开了话匣子，便一直在问，而且发问技巧很差，多数为是非题："你喜欢打篮球吗？""你住附近吗？""你上大学了？""你跟他是情人吗？"

"跟他？荣？不是。不过，我们是相当亲密、要好的一对朋友。"对于这问题，我有点儿失预算，只能随口脱出一段说话，因为我着实没有想过这个问题。

"我不是说那个男的。"她笑得厉害地说，"我说女的那个啊！"

"女的？"

"上次你喝多了，接走你那个。她是你女友吗？好可爱呢！"

"嗯，原来你也在，真丢脸。有麻烦到你吗？"

"不麻烦。你就是很静，很乖地坐在花槽旁边，一点儿麻烦事都没有。我只是不懂处理。"她说，"那么，她是你女友吧？"

我还是没有回答她的问题，不是想存心搞暧昧，我只在想，她真正的问题会否在问——"我有机会成为你的女朋友吗？"对，有点自大，加一点儿过敏，但我真的这样认为。我只好又以一个问题回答问题，"你多大了？"

"我八七年的。"

"好小啊。"

"我年头出世的。很快就考大学了。你喜欢音乐吗？"她问。

"喜欢。"

"最近有喜欢哪个男团吗？"

"Nirvana[①]。"我说。

我想，我这个回答倒是很有技巧的，我猜想她喜欢K-pop[②]，而如果我答 The Rolling Stones[③]，又会有一种莫名其妙的喜感，所以还是答 Nirvana 才能圆满。之后，我

---

① "涅槃"，美国摇滚乐队。
② 韩式流行音乐。
③ "滚石"，英国摇滚乐队。

们还谈了一点这个区的旧事,说了荣的一些坏话,以及哪本杂志比较受欢迎。她拿了我的电话号码,但从来没有打给我,后来她要准备公开试,很少上班,我们就没怎样遇上了,更不用说当我离开了以后。不过,每一年的农历新年,她都有发短讯,和我说:新年快乐。

十

一九九九年十二月三十一日,微雨,家。

肚泻第三天,身体开始有轻微脱水的情况,医生除了给我两倍分量的止泻药外,一点儿建议都没有。

早上,吃了一服药后,什么东西都不敢再吃,记得老爸曾说,他当兵时水土不服,唯一的方法就是节食,总之饿,饿不死人。后来,他得了胃病,对,是胃病,会死人。每一次肚泻,都会想起老爸,儿时,我每一次肚泻,他都会要我吃两粒正露丸,然后又开始说一遍日本征俄国发明正露丸的故事,"正"是"征","露"是"俄国"。我没有考究这是否属实,只是想,同一件事,跟同一个人,讲几十年，是怎样的一种滋味？

又想起丽。有一年，也是除夕夜，所有同学都回家了，只有我一个人留在宿舍过年，在附近的小贩档吃过了腊味饭后两小时，我开始上吐下泻。天气又冷，人又弱得不知所谓，整个晚上我就在房间与公共卫生间之间来回，来来回回，一边拖拉自己的身体，一边肆无忌惮地高呼自己的可怜。反正就是我一贯将自己放在悲剧舞台的风格。不知怎的，迷迷糊糊，又回到了房间，不知是吐倦了，还是泻眩了，总之，我在床上迷迷糊糊。然后，再睁开眼，就见到丽。这是我们第一次的见面，电台放着Lobo 的《Me and You and a Dog Named Boo》[1]。

晚上，直至现在，一还没有回来。好青春。

十一

Me and You and a Dog named Boo

---

[1] 美国歌手罗伯的成名歌曲，也是本篇小说篇名的来源。

I remember to this day

The bright red Georgia clay

And how it stuck to the tires

After the summer rain

Will power made that old car go

A woman's mind told me on the road again

Me and you and a dog named Boo

Travellin' and livin' off the land

Me and you and a dog named Boo

How I love being a free man

有了我,有了你,还有我们的一只狗,有名有姓,叫布。然后,我还自由?自由,在你眼内可能是一种安慰,在我看来,只是一种讽刺。

十二

父亲曾说,藏书多得一辈子都读不完而还在买书是一件大好事,因为你买书的行为在告诉你自己,你还未死,还有机会将书读完。因为他的歪论,我家有挺多的书。

我家，就是父亲留给我的这个房子，一共有十七个二百零二厘米×八十厘米的书架，以及十一个十六厘米×八十厘米的矮身书架。全屋的书以杜威十进制图书分类法收纳：000－计算机科学、信息与总类；100－哲学与心理学；200－宗教；300－社会科学；400－语言；500－自然科学；600－技术；700－艺术与休闲；800－文学；900－历史、地理与传记。

父亲的藏书有异常"偏食"的倾向，900的书架最多，故此父亲将它们都收进他的书房中，而其他000至800的书架，则从进入大门口右手面开始，高高低低环绕这个长方形间隔的房子一圈回到玄关（连洗手间与厨房都有三个有门的矮身书架）。

在大门旁的889书架上，在《安娜·卡列尼娜》与《卡拉马佐夫兄弟》下册之间，从那天起，多了一道罅隙，异常碍眼，无论是准备出门、坐在沙发，还是在饭厅喝罐头汤，这道罅隙都强烈得引人注目，惹人不安。欠了一本上册，这种残缺的感觉，足以让我有呕吐的冲动。

因此，我决定到二手书店，碰碰运气。

第二天下午，阳光很好，我穿上白衬衫、浅蓝色牛仔裤与黄色帆船鞋，戴上墨镜，到我最喜爱的旧城区散步。今天的散步多了一个任务，尤其当我在门口穿鞋时，还是再被书架上的那一道裂缝折磨了好一阵子。

我很喜欢在旧城区走路，慢慢地走，而当你穿着鞋底薄薄的鞋，走过起伏不平的石路，脚底会感受到与地面的接触，而这一种亲密感，与这个城市的亲密感是圆满的——既让人（从脚底到意识都）不舒服，但又感觉贴近。路走多了，小腿会有因为脚底不适而来的轻微抽筋，顺理成章便可随意地走到一间咖啡店、书店、古玩店坐坐。我喜欢戴上墨镜，装成一个旅客，在熟悉的街道行走，感觉像旅行。

在一棵凤凰木下，我看见一个不太熟悉的二手书店招牌，一个小小的铜制的小招牌，旁边贴了一张 A4 大小的过了胶的路线图。我沿着指示，找到那一栋五层楼高的楼房，外墙是可爱的珍珠白色，每个单位都有一个阔大的露台，而且都种了各式各样的绿色植物，上楼梯的大门就在楼房的正中间，门还给漆上了一个粉红色的外框，好别致。我爬到二楼，一梯两伙，书店在右面的单位。推开门，大门上的挂铃当当声响起，迎面而来一阵柠檬叶的香气，眼前是一道从露台的大窗迎面照射过来的白光。

店内，没有看见任何一个人，四四方方的一间小书店，收银处在近门口的位置，背后有一道门，大概店员在里面收拾东西。我想，那门铃的响亮是不可能让店员忽略了有人进来的，当然，我也乐于被忽略。

我来找《卡拉马佐夫兄弟》中译本上册，但这书店卖的是英文书。我有片刻的想法，打算买一本英文译本的上册，但就算将英译本放回架上，也不见得我的不安会减少。所以，我还是放弃了。我的目光很快就转移到店内的旧唱片、明信片，以及一张一张的地图，当然，还有我最喜爱的旧杂志，我蹲下来看，看看那几个我爱的年份。

"你怎知道我在这里上班的？"突然，一把声线从我脑后方袭来，我很快在脑海中搜寻相应的面孔一遍，不果，然后慢慢地转过头来，看，原来是丁。

"你怎么在这里？"我问。

"是我问你！"丁装出一副生气状，噘起了红唇，露出了两颗不搭配的、特别可爱的、小小的门牙。

"我在找书。"我说。

"在找我吧！"

"找书！"

"想我了吧！"

"想我的书了。"

丁开始拿我的墨镜开玩笑，笑我装帅、装明星，我也懒得跟她解释我真正的理由,反正我那真正的理由,在她眼内,也肯定是更装帅的行为。

"你在跟踪我吧?"丁说,"我就帮朋友在这里看店不过两小时,怎可能刚巧遇上?"

"怎可能呢?"我反驳说,"你的全名、住哪里、电话号码,我什么都不知,怎可能跟踪你?"

"但你知道我身上有一个双鱼文身啊!"

"我为什么会知道?"

"那天在床上,你不是盯着我看很久吗?怎可能没看见。"

我是有看见的。只是那天,我看不清楚是怎样的一个文身,原来是双鱼,为什么是双鱼呢?她是双鱼座的吗?但以她的性格而言,这样的推论实在太直接,太低估她的不确定性。差一点,差一点我又中了她的诡计,差一点我就真的要开口问她。从她拿走了我的《卡拉马佐夫兄弟》上册,以至她的双鱼文身,我断定,她就是一个喜欢挑动人欲望、好奇与挂念的一个人。没有好或坏,她就是一个这样的人。我不可以中计,我跟自己说。

"真的没有看见。"我说。

"是吗?也没关系,今天晚上再脱光光地给你找一遍。"

"你究竟是干什么的呢?"我没有理会她的调戏,"总不会是四处做兼职吧!"

她没有搭理我。当然,我知道她又是故意挑动我的好奇,于是我也不中计、不追问,而竟然,她就这样,也没有理会我,回到她的收银处,整理一堆旧唱片。而我,则继续在店内四处看看。

这间二手书店的书混乱非常,不单藏书没有多少固定风格,连放书也是杂乱无章,随便以我眼前这个书架上的第二行为例,从左到右:Viktor Frankl《Man's Search for Meaning》,William Manchester《The Last Lion: Winston Churchill》,Tony Buzan《Speed reading: state of the art techniques to improve your reading speed and comprehension based on the latest discoveries about the human brain》,David Pogue、Scott Speck、Glenn Dicterow《Classical Music for Dummies》[1]……很奇怪的一种感觉。一堆堆杂乱的书,放上一排排同一高度、同一颜色的书架,组成了一间书店,仿佛就这样,一切都有了秩序,零碎变成了整体。最后,我给自己选了一本David Lodge《The British Museum is Falling Down》[2],也给荣买了

---

[1] 分别是维克多·弗兰克尔《活出生命的意义》、威廉·曼彻斯特《最后的雄狮:温斯顿·丘吉尔传》、东尼·博赞《博赞脑力训练手册之快速阅读》,及暂无中译本的《古典音乐指南》。
[2] 戴维·洛奇《大英博物馆在倒塌》。

一本 Raymond Aron《Main Currents in Sociological Thought 1》[①]。

"我不喜欢读书的。"丁说。

"所以呢?"我将书交给收银处的丁,要她给我结算。

"所以,你不能以这两本书作礼物送我。"

"谁说要送你。"

"我不知道,总之,你现在不送我一件礼物的话,我今天晚上就到你家自己拿。"

"嗯,那你想我送你什么?"我问。

"你知道的。"

"吓?"

"就是要装酷吗?那你在这里挑一张 LP[②] 送我吧。"

在我眼前,一只一只唱片叠起的碟堆中,我第一眼望见的,就是那一条鲜红色的封套边,我轻轻地抽出那一张碟,封面是一个穿上黑色皮褛、浅蓝色牛仔裤的男人,上方红底白字,有一串我熟悉的符号:Introducing Lobo[③]。

[①] 雷蒙·阿隆《社会学主要思潮》。
[②] 黑胶唱片。
[③] 罗伯的首张个人专辑。

十三

"荣,你相信巧合吗?"今天便利店外的一支光管坏了,一闪一闪,让我特别难受,于是我坐到荣的对面去。

"巧合,有相信与不相信的吗?"荣一边说,一边没有放弃喝下他罐中余下的两滴啤酒。

"我的意思是,每一次的巧合,都有意思的吗?"

"怎了,跟丁过得不好吗?"

"嗯哼,还叫人家丁!你跟人家很熟吗?那次随便给她我的地址,我还未说你。"

"都是'巧合'嘛!"荣故意加重了一点儿语气说。

"哪来的巧合呢?"

"刚好我那天没来,你又偏偏喝醉,然后巧合地遇上一个美女要送你回家。不是很有意思吗?"

"好吧。"我将买给荣的书从背包拿出来,递给他。

"还真的买礼物谢我?"

"经典啊!"

"我还年纪小吗?给我读这个。"荣看了看封面嫌弃地说。

"礼物,就是一番好意,别太计较!"

"那为什么只是'一'呢?"荣开始在随手翻看。

"那天，我到了一间二手书店，找到的就只有一册，没有第二册啊！"

"先生，你这送礼物的行为有点不妥吧！"

"吓？"

"好自私啊你。"荣说，"那不是要我找回'二'吗？"

我们在那一闪一闪的白光下，沉默了一会儿，然后荣又开口了，要给我说说"我们的小说"的新进展。

话说，李与妮，好不容易终于穿过了森林的第一个外圈结界，然后到达了一个小山寨。山寨里住了一族小矮人，小矮人的长相都很奇异，甚至于丑陋，穿的衣服破烂，吃的食物清淡，却以为自己是这个世界上最富有的文明。山寨王相当好客，设宴欢迎李与妮的来访，席上有用几百种薄荷与香料腌制的卷心菜、芜菁和一大堆蒜头。在山寨王的大殿里，大家载歌载舞，有小矮人弹奏四弦琴，又有小矮人敲锣打鼓。忽然，山寨王拍了拍手，大家顿时肃静，然后，又再次奏起音乐来，一名生着弯曲的双腿、畸形的大脑袋的小矮人，便随着音乐，从屋外一边跳舞，一边进来。

小矮人舞者，第一眼便看见高桌上的妮，并被妮的美貌迷得神魂颠倒，目光无法从妮的身上移开，就好像他的表演，只为妮一个人准备似的。

"他很丑喔，"妮跟身旁的李说，"还一直盯着我看呢！"

"人家一番好意，你别做出不礼貌的事情来。"李轻轻地说。

"但真的好恶心啊，你看，他口水都往外流了。"

"别闹了。"李没有理会妮，妮只好收口，继续强颜欢笑。

演出终于结束，妮想起了小时候在村口听老公公说唱，妈妈都在表演后，要她给老伯伯送上一枝花，于是妮便在头顶的花环，摘下了一朵黄色的玫瑰花，走到台下送给小矮人舞者，脸上还带着一丝微笑。

"然后，那个小矮人，就以为妮以花示好，喜欢他，于是他就对妮穷追不舍，最后悲剧收场吗？"我问。

"你怎知道的？"荣有点错愕地望着我说。

"这不就是 Oscar Wilde[1] 的故事吗？"我问。

"有这个故事吗？"

"有啊！"

"哪有？"

"《The Birthday of the Infanta》[2] 嘛！"

---

[1] 奥斯卡·王尔德，爱尔兰作家。
[2] 《西班牙公主的生日》。

"没听过。"

"很像啊!"我说。

"巧合吧。"

"那为什么是黄色玫瑰呢?"

"不为什么。"荣说。

十四

网上的资料说,Lobo 原名 Kent Lavoie,一九四三年出生于佛罗里达,高中时开始为一个名为 Rumors 的乐队弹吉他,然后又加入了 Sugar Beats,合作了一曲《What am I Doing Here with You?》。一九七一年,Big Tree 签下了他,推出第一支单曲《Me and You and A Dog Named Boo》,收录在他第一张 LP《Introducing Lobo》里,当中的经典作还有《We'll Make It…I Know We Will》《She Didn't Do Magic》,以及《We'll Be One By Two Today》。

那又如何?究竟我在搜寻什么呢?莫名其妙。我关了计算机,又拿起父亲的日记,回到我的红色沙发上。

·

二〇〇〇年,三月廿二日,晴,家。

读报,发现联合国教科文组织昨天发起了一个"世界诗日"。想起当日,跟丽结婚时,一位老朋友,送了我们一首诗,用墨水在一张微黄的白纸上写成的一首诗,盛在一个木画框中。诗,现在还在我脑中:

《夫人》
太太,上了年纪,就称作夫人
她们谈她们的生活,可以谈一辈子
一辈子可观的天气
听一听,他们和她们一起留下来的生活
无与伦比

濒临海峡的大旅馆
每年都有人来

说到太太,如果不了解,那么,便无法说明了

维也纳的舞会、巴黎的舞会、奥斯维辛的舞会
还有,普鲁斯特的一号房间
在这里,大家都是十分年幼的少女

十五

电话铃响了。

我正在沙发上睡午觉,西多昌规说,饭后十五分钟的小睡是人类正常生活的必需品。我合上了躺在胸前那本父亲的日记,走到窗前。还没有到黄昏,天却暗了,天空剩下厚厚的云,透着一层光。

"喂。"丁说。我知道这是丁,我已经能认到她的声音了,而事实上,在刚过去的午睡梦中,我也梦见丁。我梦见,我与丁在一个大瀑布下嬉水,她一身白色连身裙,与我追逐对方头顶养着的一群蝴蝶,然后她对我说:有人找你啊!

"喂,谁?"我往电话里说。

"我是丁。"

"嗯,怎了?"

"一个星期了。"

"一个星期?"

"在书店见面之后,已经一个星期了。你没有想过找我吗?"丁的声音比平常强硬了很多,认真了很多,完全不像让我感觉淘气的她。

"你没有给我号码,我怎找你呢?"

"我是说,你有想过找我吗?"

"我有啊！"很爽快，我答得很爽快，像真的有想过要找她一样，答得理直气壮的爽快。

沉默。

"一！"丁说，"如果是没有的话，请你说没有，可以吗？"

"我有啊！"还是一般的理直气壮。

"如果你有五双袜子，但丢了六只，那么你会剩下几只袜子呢？"丁突如其来地问道。

"什么意思？我刚睡醒。"

"答我问题。"丁说，"听着，如果你有五双袜子，丢了六只，你还有多少只袜子呢？"

"四只啊！"

"嗯，四只袜，那么你还有多少双袜呢？"

"一双都没有啊！"我说。

她叹了一口气，没有等我再开口，就挂上了电话。我心想："这个人真怪。"

十六

丁坐在她一贯喜欢的靠窗位置，面对在大街，慢条斯理地吃她的 Eggs Benedict[①]。我推门进去。

"我以为你今天不来了。"

我在旁边一坐下，Joyce（她的侍应名牌上写着的名字）便走过来了。

"照旧？"

"哦，是的。双蛋，薯条，茄汁豆。"然后，Joyce 笑着走了。

"为什么我每次点完餐，她都奇怪地笑着走呢？"我说。

"因为你好土呢！"丁说，"什么双蛋，薯条，茄汁豆？人家明明有个好听的名字嘛！"

"哪有？"我拿起餐牌说。

"你看。"丁指着 Menu 说，"Double Egg with chips and beans。"

"一样的，好吗？"我不服气地说。

"我以为你今天不来了。"丁又重复说了一遍。

"我不喜欢失约。但每天早上七点半，也太早了！"

"早睡早起，不好吗？"

"太健康了，不适合我。"

"作家的生活总是日夜颠倒的，对吧？"

[①] 班尼迪克蛋，又名火腿蛋松饼，一种美式简易早餐。

这一句是丁用来讽刺我的，我已经能够听懂她的讽刺。自从那次奇怪的电话对话后，我与丁开始约会，所谓约会，不过就是每朝早在我家附近的一家叫"飞碟"的餐厅吃早餐，如是者两星期，当中经历了一次除夕，一次元旦，算是一起经历了两个节日。我们谈了好多"我"的事：我有一个自称作家的父亲，刚去世，留给了我一间屋，以及一笔不知怎样得来的遗产；有一个失踪了的妈妈，不知道去世了没有；有一个朋友叫荣，我跟他开始了一个写作计划，但我不想写下去；我参加大学迎新营的第一天后就辍学；我还有一只"二指长过公"的右脚掌。丁就是对我的事好有兴趣，大大小小，她都会巨细靡遗地问到底，但却又鲜有透露她的事。她不主动说，我也不问。

我喝完了最后一口咖啡，然后打了一个哈欠。

"见我，有这么累吗？"

"打哈欠是因为人缺氧，而不是累。"我说。

"才不是。没常识。"

"真的不是累。"

"Robert Dooling 教授早证实了打哈欠不是因为缺氧，而是因为感觉疲倦。没常识。"

"这叫常识吗？谁会记住什么什么教授。"说罢，我又打了一个呵欠。

"累了吧,回家睡吧。"

"没事。"

"打呵欠可是会死人的,一起回家睡吧。"丁说。

那天,我们第一次做爱,丁到了黄昏才离开。我上网,查了一下,原来二〇〇四年,在美国因驾驶过程中打哈欠致死的人数约有一千四百人。

*

二〇〇三年,一月六日,阴,家。

今天,新书发布。看来一还是不会来我的发布会,尽管这一本书,将会是我最后的一本书,但一不会知道,也不需要知道。

我是一个努力博取大人物赏识的人,每当和他们见过面,我总会久久心怀忐忑,担心他们是否看得上我,是否看得上我的文字。忐忑。

十七

那天晚上，荣买了半打啤酒，连续不停地喝着，一句话都没有说，整整三十二分钟。这绝不是什么好预兆。我们在便利店侧门外并肩而坐，望着对面远处工业大厦外墙的滴水。荣终于开口。

"写好了。"荣从右裤袋掏出了一个 U 盘，递给我。

"嗯，恭喜你。"我当然知道荣在说"我们"的创作，但我下意识地恭喜"他"却又是最真诚的事实，整个故事几乎只有荣在写，我只帮忙开了一个头，然后就放下了。

"多少字呢？"我问。

"六万七。是个中篇。"

"好厉害呢。不过两个月的时间。"

"有一件事想拜托你。"荣说。

"什么样的事？"

"李与妮的爱情线。你写吧，可以吗？"

"李与妮？"

"对，男女之间的爱情，在森林的历险中酝酿，在妮以为李为她死了的时候到达高潮，然后逃出森林后大团圆。当中也可以加一点错摸[①]、误会、少许妒火。都是

[①] "错摸"在粤语中意指"误会""错误估计"。

这样的老套，结构很清晰的，你一看就懂。我留了节数给你。"

"为什么要我写？"

"因为我不会写。"

"怎可能？"

"拜托了。"荣说，"我已经没有其他要求。明白吗？"

"知道了。"

"嘿，丁的温度怎样？"

"很温暖。"

"恭喜你。"荣说。

*

"李！"妮试着态度坚定地问，"你对我的感觉究竟是怎样的？"

"就像亲人一般啊。"

"早知道你会这样说。"妮说完，就坐到树屋窗口的边缘上。

"你小心点。"

"别烦我。"

"你们真奇怪。"李还是不明所以，"你为什么跟莉莉一样？她说她要成为我最亲的人，但又不是我的妈妈。"

"呸！那个女人当然不是要当你的妈妈！"

"那么，莉莉要当我什么人？"

"李！你非要让女人无地自容到不行吗？"

"怎么又发脾气。"李也有点恼怒，"我去问豹妹好了。"

"对啊！豹妹当然会答你！你有种你就去！"妮怒火中烧，"她最不知廉耻。"

"你不能这样出口伤人！"李说，"或许豹妹才真的想当我的妈妈。"

妮急死了，怒吼："李，你这个笨蛋。"

"嗯，莉莉与豹妹都这样说。"李冷静地答道。

*

这算是什么烂故事。

十八

我又做了一个绿色的梦。

那是一个挂着猛烈太阳的正午，我在一个主题公园里，玩过山车。我坐在过山车的最后一排，前面的人一个一个地飞脱，掉到月亮，掉到海中，都很快乐。只有我，一人坐在过山车上，高低起伏。车没有停下来，四周充斥观众，看着我坐过山车，取笑我。

那是元旦后的第十三天，我跟丁吃了廿三次早餐、看了十一场电影、听了三十二张唱片、做了十四次爱，但她从来没有在我家留宿过夜。我从床上爬起来，又只剩下我一个人，这个冬天的早上总是灰灰暗暗的。我喝了一口咖啡，试图冲掉昨晚酒精留在喉咙的干涸。时候还早，我便又拿起父亲的日记，躺回客厅的沙发读起来，厚厚的一本红本子，还真耐读。转眼间，父亲离开了三个月。

时钟指着八时，而我们约了十时见面，就在我家楼下的一间茶餐厅，一个我们不常去的约会地点。我看着父亲的日记，越看越不耐烦，想起将要见面的场景，我就忍受不了。于是，我只好走到街上。出门溜达，从来都是最好的思考方法。从山上走到电车路，有海味铺、凉茶店、玲姐的报纸摊、红红绿绿的古董店、Café、画廊、古旧的警署、同一样式的骑楼、未开门的服装店、足球场接着篮球场。我顺着脚步绕了一会儿，反复念着想好的台词、想象的对答，慢慢又回到家楼下，出了一身冷汗。我究竟在紧张什么呢？

早上九时三十二分,我到达茶餐厅。荣已经坐在一个四人卡位,读着大江健三郎的《读书人》。

"你早到了。"我试着这样开场。

"为什么约这个时间?"荣把书合上,说,"早上的时间,你不都约丁的吗?"

"没事。我想跟你吃个早餐。"我试图将我们的谈话,拉到我想象的设计对答中。我们叫了侍应过来,我点了一个A餐,火腿通粉、多士、炒蛋、热咖啡;荣点了一个C餐,沙嗲牛肉面、热鸳鸯[①]。

"李与妮的故事,写得怎样?"荣冷不防地开口。

"嗯,其实,我也想跟你谈这个。"

"嗯,可以啊,除了你说写不下去,其他什么都可以谈。"

"就是想说这个,荣,我写不下去。"

"是吗?"

"嗯,是的。"

"写不下去?"

"一个字都写不出来。"

"为什么?"

"我不想当一个写作的人。"我说。

[①] 鸳鸯,又称"咖啡茶",是一种发源于香港的混合饮品。

"当不了?"

"不知道。"我说。

"你真心放弃了?"

沉默。

十九

我与荣,在那顿早餐以后,几乎再没有见面。荣再没有约我,而我也没有约他,就算在我决定要离开的时候,我也只是给了他一个短讯,说"我要走了",他回了一个更短的:"顺风。"我们没有吵架,没有埋怨,只是再不能够做亲密的朋友。我们之间,在那顿早餐以后,仿佛丢失了什么。或许,在那顿早餐以前,我们已经丢失了什么。我与荣再没有约会见面,但偶尔还是会碰上,在几次朋友的婚礼、一次谁人母亲的丧礼,还有一次谁人的博士毕业派对。

*

然后,在某一个冬天,我的信箱收到了一本书——《李与妮》。书的最后一章的最后一节是这样的:

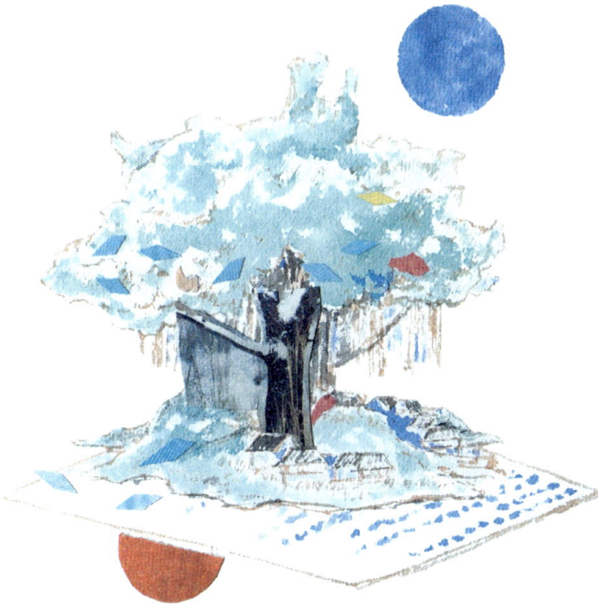

通过豹妹幻化成的天梯,李与妮终于带着巧克力馅饼食谱,回到了李的家乡。村落已人去楼空,房子从内到外长满了杂草,田园荒废了,井口堵了。李与妮找遍整个村庄,找不到任何一个人,李的家人不见了,小盒子不见了,妮的师傅也不见了,一个人都没有。"都去了哪里呢?"李说。

李与妮沉默了,一次长久的沉默。

雨开始落下,李与妮只听到雨水拍打土地的声音,仿佛整个世界只剩下他们二人。"我们真的回来了吗?"李终于开口。

"回来了。"妮以安静的声音说。

我们回到了哪里呢?李左手拿着千辛万苦而来的食谱,右手拉着妮的手,看着村庄广场中央的大榕树。我们回到了哪里呢?李想着、想着,想起了无数的身影,曾经在这地上人来人往。

"我们回到了哪里呢?"李说出了心声。

妮说:"这里。"

二〇〇三年,六月廿七日,阴,医院。

落泪并不是软弱的。只有人,才会因伤心落泪,就算是其他灵长类动物,它们最多只能因悲伤而嚎叫,却不能因悲伤而落泪。我们,人,可以,这是我们的生物权利。科学家说,人类以眼泪加强了彼此关系,使我们团结起来,从而得到最大生存的可能。无论如何,眼泪是一种沟通的方式。当我偷看到你趁我午睡时为我落泪,我安宁了。

二十

父亲跟我说:"自私是作家的基本状态。"他喜欢教导我,各式各样他所谓作家的条件:爱孤独、爱观察、寡言、偏执、一点儿的离经叛道、一点儿刻薄、有欲望、咬文嚼字、不可一世,还有自私。

于是,我的成长史就化约为对以上条件的反其道而行,而又慢慢地悲剧回归的过程。简单来说,就是当我努力教训自己不要成为如此这般的人,这些条件却一一从我身上显现,一个接着一个,像在一张清单上,一个方格接着一个方格地打钩。当荣冷冷地对我说了一句"其实,你还真是个自私的人",当中没有多少责怪的语气,却爽快地在我最后的一个方格,打上一个了结的钩。

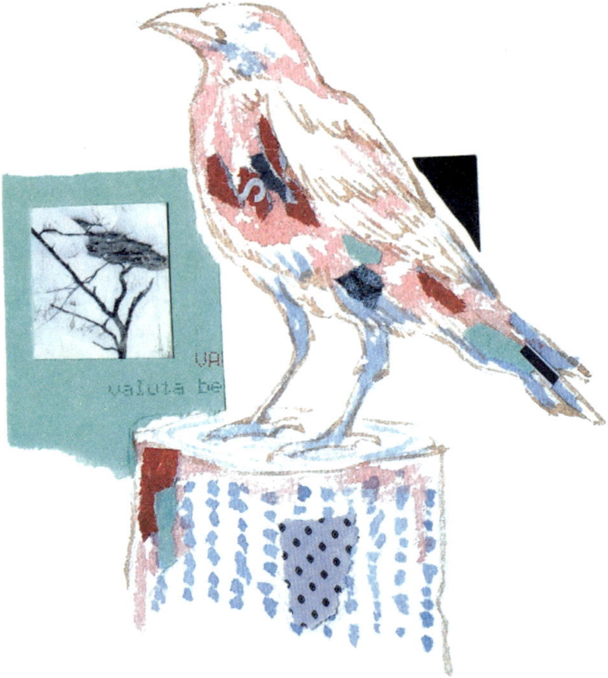
VA
valuta be

于是，我不能避免地成了让我自己讨厌的一个人，而我也接受了。现在，就在我右耳旁，不会过时的 Pet Shop Boys① 在唱着：I never dreamt that I would get to be / the creature that I always meant to be / but I thought in spite of dreams / you'd be sitting somewhere here with me.

廿一

电话铃响了。

"一起晚饭吗？"丁说。

"晚饭？现在？"跟丁约会了一个多月，我们从来没有约会晚饭，一次也没有。因此对于一个晚饭的邀请，我感到相当突然。

"可以吗？"丁说。

"当然。"

"八时整，在时代广场大电视下。"

"可以。"

"穿黑色的衣服。"

"为什么？"

"我想看你穿黑色的。"

---

① "宠物店男孩"，英国乐队。

"好。"我挂上了电话后，洗个澡，然后在衣柜前发呆，原来我有八成七的衣服都是白色的，其余的比例由多至少顺序为灰色、深蓝色，以及极少数的绿色、浅蓝色，甚至黄色、红色，但就是没有一件黑色。最后，我找到了我唯一的一件黑色衣服，一件大学迎新营派的Polo Shirt，胸前大大地印有造作的一句白色英文字的金句，是引述柏拉图的金句，而且还有一个感叹号！上一次我穿上它的时候，我在参加父亲的丧礼。

丁从我背后的大门出来的时候，大约八时十五分。她穿着卡其色的风衣和黑色短款包裙，配上深紫色的高跟超长靴子，露出了大腿凝脂似的皮肤。

"黑色衣服呢？"

我拉开了我红色的羽绒服，露出了那警世金句与感叹号，"我只有夏天的黑色衣服。"

"嗯。"丁好像不太满意，"走吧！"

"去哪里？"

"到我家啊！就在对面的唐五楼。"

沿着很陡的阶梯往上走，梯间的卫生程度比我想象的好，墙壁的纸皮石好像最近才翻新，没有发霉的气息。丁的家在五楼后座，房子本身虽然很旧，但改装成开放式的格局，感觉很舒服。屋内很温暖，而且有一种与丁性格全然不搭配的清新感,闪闪亮亮的。

"给我四十分钟做菜。你在沙发坐一下好吗?"丁说。

"有什么要帮忙的吗?"我说。可能因为第一次到她的家,我感到一份莫名的见外。

"看着我做菜吧。"

丁脱下了她的风衣、长靴、衬衣,还有她的短裙,在我要穿羽绒服的日子,她就这样穿着一件薄薄的胭脂红色背心与黑色小内裤。我在对着厨房那小饭桌的位置坐下,还真的专心地看着丁做菜的背影。

丁做的菜没有多余的花巧,但相当好吃。日式炒牛肉、小白菜煮花蛤、金银蛋苋菜。丁放了Ludovico Elnaudi[1]的音乐,开了一瓶超市买得到的廉价红酒,然后,开饭。这是美好的夜晚。一个宁谧而美好的夜。

早上起来,丁又不知去向,她就是有一种能够让人不察觉而静悄悄离去的本领,或许,也就真的只是我没有察觉。丁准备了一杯咖啡,以及一份生菜火鸡肉芝士三明治在饭桌上,还有一张黄色字条:"不要再见了。保重。丁。"我洗过澡、吃过了三明治与咖啡,收拾了

---

[1] 鲁多维科·艾奥迪,意大利钢琴家、作曲家。

杯碟，再看了看这间房子，记下它的气味，然后走了。

·

二〇〇三年，七月十九日，雨，医院。

受不了。每天输四包血的感觉，很差。感觉身体已经给更换了数次，伴随灵魂。我还想写下罗马木船的故事，但现在只剩下一种感官，疲倦，写不下去。或者明天吧。

廿二

正如我说，出门溜达，是我知道最好的思考方法，而溜达的范围越大，想象便越大。因此，我决定出门，出远门。我的生活已不剩下一个伙伴，因此我有恩典，可以四处出走。

在我要离开这个城市的这一刻，我想不到找谁去说一声道别的话。这个冬天，许多人都离开了我，一个接着一个，离开了我的生活，包括我以为认识的自己。然而，我知道，他们没有离开我的生命。而我，我终于肯定自己成了一个连自己都讨厌的人，但如果这就是我的率性，我的沉沦也可算相当节制。

距离登机还有三十分钟，我在候机区的书店买了一本本子，又随意地拿下了一本书，打开了其中的一页，然后在我新买的本子那空白的第一页，抄下这个日本作家引述一个法国导演的话："至少，我们拥有一无所有。"

有够造作、够媚俗的了。

廿三

到此为止，我要说的，都说完了。

VALUTA

一个失踪企业家的传记

"我的发迹史大概要从儿时说起,从我不懂得感觉饥饿的肚子开始说起。"P说。然后沉默了一会儿。

我没有记下P说话时的神态。或许还没有进入状态,我的专注力还停留在笔记簿上应该用阿拉伯数字写上月份,还是用英文写上July好呢?我又翻阅上次的笔记,为了某种像习俗一般的统一律,我终于舒适地写上了July。

"但说起来,还真的不容易。"P说,"过去的事都像别人的记忆,好像是这样的,想一想,又好像是那样的。我的记忆不太可靠。"

"明白。"我答道。如果这也是一种响应的话,我已经响应了,而我的意思大概是,所以啊,有谁真会完全相信人物传记呢?传记,不过就是故事,写作结构跟一般荷里活①英雄电影无甚差别：一个有缺陷的孩童（无论是身体、心理，还是社会性的缺陷）遇到挫折，但仍然努力成长，有一点成功后再失败，幸运遇上恩师，然后再努力、再成长，最后跨过了很大的难关，大成功。于是，他们可以出传记。这是我过去写成三本大卖人物传记的方程式，真的，读者不喜欢惊喜，他们喜欢意料之内的"惊喜"，怕闷的，从来只是一众收到赠书的书评家。

"听说，现在不是流行马戏团的时代，是吗？好像真的再没有看过什么马戏团的广告了。我在马戏团出世、成长、表演。但其实现在，已经看不到真正的马戏团。当然有一些记录还留在文学、电影里，感觉就像一段史前的，甚至是没有存在过的历史。毕竟我们都善忘，毕竟世界再没有新奇的事。"P这样说完，喝下了一口Earl Grey②，茶包放在本来放着苹果派的碟子上。"想一想，已经是五十多年前的事了。"

"五十多年前，是五十多少年前呢？"

"想不起来了，大概是四五十多年前。"

我没有再回应。在黄色笔记簿上，我写上：马戏团、出世、表演（什么呢？）、四十或五十多年前。我

---

① 即"好莱坞"，此为香港译名。
② 伯爵茶，以红茶为茶基的调和茶。

写得很慢，一笔一画。小时候，长辈们都责怪我又静又慢，到成为作家，有了第一本畅销书，静与慢又一夜间成为我被赞扬的标记。

"那么，你在马戏团表演什么？"

"嗯，很久以前的事了。"说完，P又停顿了一会儿，注视着他办公桌上的橙黄色郁金香插花。P的办公室简单整洁，但又充满一阵让人呼吸不顺的不协调，就像跟他对话的停顿，说不了两三句，又要停顿半晌，有一种肺部吸不够氧气的感觉。白墙配上水泥地，墙上挂了一张 Joan Miro[①]《哈里昆狂欢》的复制画，没有书架，没有多余的配置，剩下一张深色木纹桌子配棕色大班椅，还有我跟P坐着的，那让我好不舒服的藤制扶手椅。我继续等待P的响应。

"我表演饥饿。"P说。

"你是指，你的表演就是饥饿吗？"

P点点头，说："那时候，我们可是有社会身份的。我们表演饥饿，大家叫我们'饥饿艺术家'，在我最受欢迎的时候，我甚至不用在马戏团里演出，将笼子搬到露天广场，设一个收费站，参观的人就络绎不绝，还有不少人买长期票的。"P开始唠唠不休，说饥饿艺术家

---

① 胡安·米罗，西班牙超现实主义艺术家。

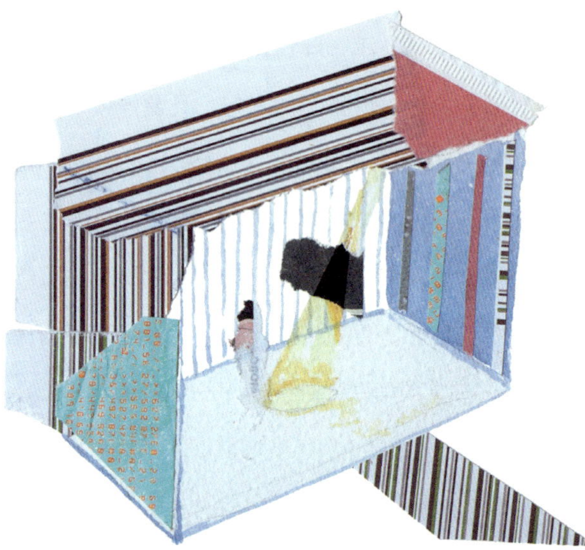

当时如何风靡一时，表演何等精彩，收入何其可观。P还介绍了我看一篇老作家写这门艺术的故事。

P继续说，我默默记录：饥饿艺术家、瘦骨嶙峋、笼子、观众（很多的观众）、gatekeeper[①]。

"但是？"我问，当我发现P不知不觉开始唠叨，重复说着同一段回忆，我故意地打断他的话，这是传记作家核心的访问技巧，因为唠叨几乎是所有想写自传的人的通病，普遍得不像一种怪行为。

"但是？"

"嗯。"我故作专业地解释说，"想必是有什么转折点，才会带来你今天的成功吧？"

P举手摸了摸光秃秃的脑袋，闭上了眼，用中指从眉心一直划到脑后。P的魁梧身材，高耸颧骨，再加上这个姿态，就像舞台上的老演员重演了过百次而熟练到不知道自己过火演出了的戏份，又是这份老练，让我感觉P好像是从雷蒙·钱德勒小说里跳出来的主角。

"对。"P说，"转折点，就是突然间，我不再受欢迎了，整个饥饿表演的艺术都不再受欢迎了。"

"为什么不受欢迎呢？"

"没有原因，突如其来，总之就是给观众抛弃了。"

[①] 看守，在卡夫卡小说《饥饿艺术家》中，由公众选出，监督饥饿艺术家，不让其有进食的机会。

"那之后，怎么办？"

"之后，我再坚持了一段日子，但还是挨不下去，于是就放弃了个人的事业，回到马戏团落班。"

"就是你出生和长大的马戏团吗？"

"是的。一个专门在岛国间穿梭的马戏团。那时的团长是我的养父。"

"这感觉很挫败吧？"我问。

"你是指从个人发展，到落泊回巢，应该有挫败感吗？"

"是的。"

"当然有挫败感，但回想起来，可能也不是因为我要潦倒回家，而是我突然明白，我本来就只有一种技能，也是用了半生人努力的技能，忽然之间，我唯一的技能就给时代唾弃了，而我却没有半点讨价还价的余地。"

P看着我的脸，我默默地等着他继续说。

"重回马戏团以后的记忆太稀薄了，我差不多都忘了。"P说，又轻轻摸了摸笔直的鼻子，"但我还是好记得那一场最后的演出。那时，我被安排在一个不起眼的角落，继续在笼子里表演我的饥饿。那是我最后的一次演出，而且违反了只可连续饥饿四十天的行规。在第六十天，又或第一百天左右，我失去了知觉，但我记得，我还在口里念我的台词：'吃得饱饱的''吃得饱饱的'。我身体其余的器官已经停止了再为饥饿做出任何反应，没有痛楚、没有动静。身体的细胞自动思考着经验过的人生，不经脑袋。那时候，我在想，当我的演出是饥饿，死亡不就是我最大的艺术成就吗？但如果理所当然如此，这又是艺术吗？想着想着，我就昏睡过去了。"

最后的演出、超过四十天、吃得饱饱的、艺术、昏迷，我在笔记簿上写下。脑子里浮现在笼子里奄奄一息的P，和访问前我刚吃过的热香饼早餐与浓滑奶茶。

"然后，就像你在其他访问中提及，你吃了一枚五毛铜币，跟着'重生'，对吧？"我刻意地加重了"重生"两字的语气，讨厌所有造神运动，可以算是我的职业病。

"对。"P说，"但正如我以前说的，当中的来龙去脉，我想不起来，我只记得一个片段，当我已经再无法感受我身体的每一方寸时，我只能够跟我的灵魂对话。当我们谈到玛雅族的第八个冥王时，饱足的灵魂，带领了我的知觉复苏。从离我最远的那一片皮肤开始，我的右手中指的指尖，有了感觉。我摸到了一件小东西，硬的，周边是圆的一个平面，两面都有雕刻的花纹。我的指尖感觉到它的味道，口里生津，于是便毫不犹疑将铜币送到嘴里。这是我人生第一次吃钱,也是我第一次有饥饿的感觉。"

如此熟练、细致的描述,大概是重复讲述了一万次的结果。我继续记下:灵魂、玛雅族的第八个冥王(?)、右手中指、五毛铜币、吃钱。然后,P又开始唠叨,重复说着大同小异的片段。

"这次,我们先谈到这里吧!"我故意打断。

"嗯,好的。"P说,"我的部分大概也就这样,其他部分,我的经理人可以代我交代的,他知道有关我的,比我自己知道得多。你跟他已经约好了吧?"

"约了,就在今天傍晚。"我说,然后看看手表。九时廿八分,"如果方便的话,可以介绍我到马戏团看一看吗?我想得到多一点背景的细节。"

"可以。"P说。然后便叫秘书跟团长打了一声招呼,那一边的回复是:"随时。"然后留下了团长的电话号码。

"好吧。我还要准备下一个会议。"P的脸露出了一片微笑说。

我点点头,将笔记簿放回皮包,心想,究竟P说"经理人知道有关我的,比我自己知道得多"是什么意思呢?

我在马戏团的入口处，来回踱步了二十多分钟。十一时十五分。与其说这是一个马戏团的入口，不如说是放满了帐篷与旅行车的大空地的一个停车处，但在电话中，团长确切地说："就在入口处，在那蓝白色间条的旗帜下等我吧。"每次当我看到蓝白色相间的条纹，我的心中都会泛起一句："今天要加油啊。"好奇怪，这跟我喜欢读毕加索的生平有关吗？

　　团长出现了。一个小个子的中年汉，穿着印有马戏团"戴眼镜的狮子"图像的黑色 T 恤，穿着灰色 New Balance[①] 运动鞋，右手戴着 Rolex Daytona[②] 手表，左手夹着一根香烟。

　　"你好！"我说。

　　"记者？"

　　"写字的。你是团长吧？"

　　"P 先生介绍你来访问的。"团长想了一会儿，之后像想起什么似的，"对，我是。我知道，刚才 P 先生的秘书打过电话来。我们是约了几点的？"

　　"十一时整。其实我们刚才也有通过电话的。"我认得他喉咙中那因喝酒过量而干枯的沙哑声。

　　"对，我记得。我带你四处走走。"

---

① 新百伦，美国跑鞋品牌。
② 劳力士手表的迪通拿系列。

团长从长裤口袋里拿出黑冰香烟，点了一根。

"这马戏团已经有上百年历史。"他用鼻孔吐出烟说，"我祖父那一代创团，而我是第二任团长，接手了五六年。"

"所以你从小就认识 P 先生？"

"Yes and no[①]。"

"Yes and no？"我说。重复受访者的尾语，让受访者继续解说，也是我常用的技巧。

"Yes and no。"年轻的马戏团团长说，"饥饿艺术是我记得人生第一次看的表演，好精彩的表演，但那也是 P 最后的演出。我看了那一次演出后，他就离开了。"

"你说，你看了 P 最后一次的演出吗？"太好了，我心想。

"没错。"

"那么你还记得细节吗？"

"那时我才三岁多，甚至未到三岁。细节是记不起来了。"

"但你记得，你看过那表演。"

"对。"团长说，"细节记不起，但印象深刻。P 的表演是真正的艺术，那是一种自信的收敛，有一种质朴

[①] 对，也不对。

的气魄。"

"质朴?"我近乎没法听懂他的话,也不能相信他说出了这些话来,于是赶快从背包拿出笔记簿来。

"质朴,就是浮夸的相反啊。浮夸是马戏团,是扰乱心灵的技法,而质朴是艺术,质朴才能够直接触动到人心。"

我在笔记本上速记:自信的收敛、质朴/艺术、浮夸/马戏。我还是不太相信这是他自己说出来的话,这跟他的 book cover[①],太不配合。

"好深奥呢!"

"嗯?你不是读书人吗?"团长说。

"你怎么会有这样的想法?"

"到了。"团长没有回答我的问题。面前是一个在杂草堆中生满铁锈的空笼子,细看有两三朵橙红色天人菊点缀其中。

"你们居然还保留着 P 先生的笼子?"

"仿真的。"团长说,又吐了一个烟圈,"这是 P 先生买下了我们马戏团后,叫人在这里安置的笼子。不过,地点是真的,大概就是这位置,以前这地方就是大本营斗兽场的出口处。"

---

① 图书封面,此处指团长给人的表面印象。

"P先生买下了你的马戏团?什么时候的事?"我问。

"前阵子。"

我稍微沉默了一下,在想P先生买下了马戏团的事。

"所以你当时就是在这里,看了P先生最后的表演吗?"我问。

"对。"团长答。

然后,我们沉默了一会儿。

"对,就在这里。"又点起了一根香烟的团长说,"P先生很落力地表演,好注目,我没有不停下来看的余地。那时候斗兽场的表演刚结束,大家都在匆忙散场,唯有我站在这里盯着看。看见我的观赏,P先生更落力地表演饥饿。"

"落力地表演饥饿是怎样的呢?"我一边记下:兽场出口、散场、儿时团长、观赏。

"你这个问题好奇怪。"他说,"就是令我叹为观止的演出,好精彩,那一份平静,那一份震撼。"

"那一份平静,那一份震撼。"我继续念念有词地记下。

"太精彩了,我不知道看了多久,然后就从口袋拿出了妈妈给我买蜜蜂糖的五毛钱,扔进笼子,打赏了P先生。"

"三岁的你,在马戏团中出生成长的你看的第一次表演。你还是记得相当清楚呢!"我说。

"哈哈。"团长说,"为什么你的问题总是奇奇怪怪的?"

团长带我在帐篷之间又绕了一个圈子,一边走一边谈,说的几乎都跟P无关的事,主要是关于他最近买了一架NA车[1]回来如何改装。本来表现相当冷淡的他,说得兴奋,仿佛让我顿时明白他所说"自信的收敛"的境界,同时,我还是在思考:究竟,质朴的艺术是什么呢?

下午六点十一分,我回到了P大楼,打算到经理人在三十楼的办公室(P的办公室在大楼最高的三十一楼)。我到了大堂,就看到经理人在沙发上坐着。经理人穿着浅蓝色衬衣,窄脚卡其色棉长裤,浅褐色皮鞋,膝盖上放着当天的晚报。

"又见面了!"经理人说。

---

[1] 带自然吸气类发动机的汽车。

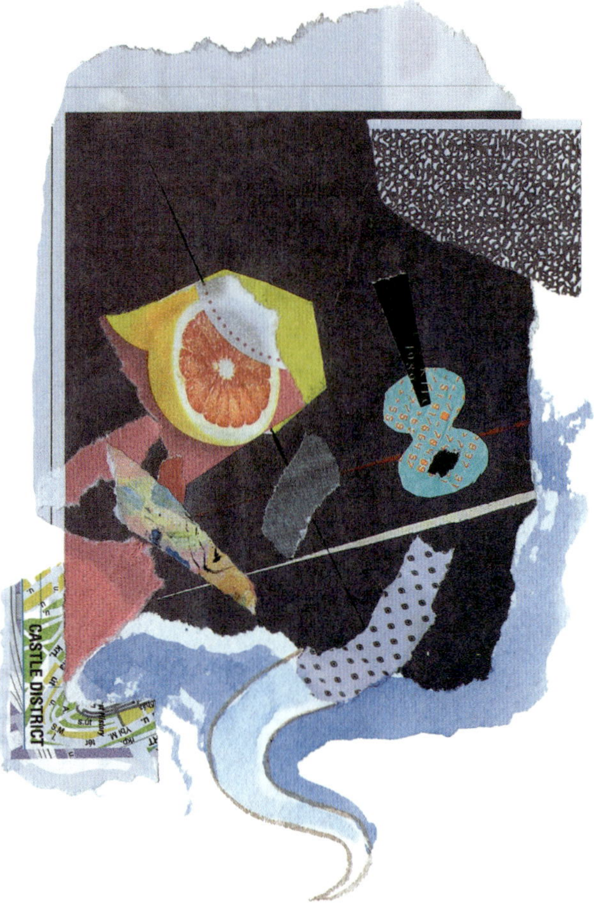
CASTLE DISTRICT

"你好，没有想到你会在这里等我呢。"我说。

"在办公室坐了一天，所以下来走走，我们也出去走走吧！"

"要到哪里去？"

"无目的地。我就是想开开车，兜兜风。"

"明白。"我说，但我不明白为什么他说话像个小孩，都是叠字。还是，他以为我是小孩呢？

经理人开的是白色Mercedes-Benz[①]SL500两门敞篷车。"玻璃天幕顶、十九吋[②]AMG合金铃、免匙系统、气压避震、记忆暖气座椅。"他说。为什么这些男人都如此喜欢介绍他们的车？我好奇的只有那"记忆暖气座椅"，我坐在一张有记忆的座椅上，而它的皮味很浓。

"我们从哪里说起呢？"经理人问。车驶上了沿着海岸线建设的公路。

"可以录音吗？我这样写笔记有点困难。"

"随便。"他说。经理人的水银反光镜面太阳眼镜，完全隐蔽了他的眼神。

"我们可以从你跟P先生的相识说起吗？"我说，"那时候，你还在经营回收厂，对吗？"

"对，都快有十年的事了。"经理人说，"那一天早

---

① 奔驰，德国汽车品牌。
② 吋，英寸旧也作吋。1英寸为2.54厘米。

上，早上五点多，我吃过早餐，如常地看着垃圾车将废物倾倒在空地上，一车的电子零件细碎得像水一般地从车泻到空地上，那是一个很温柔的画面，也是我每天工作中最喜欢看到的场面。那天，就在那圆滑的波浪中，流出了一件生硬的东西，那就是 P 先生。"

对于他们总是充满修辞的回忆，我仿佛慢慢习惯了，于是我继续问："当时 P 先生是什么模样的呢？"

"虚弱、赤裸、昏迷，或半昏迷？而且带着微笑。"

"你指的赤裸，是指一丝不挂吗？"

"哈。"经理人清脆地笑了一声，"当然是指没有穿衣服，难道是说他的感情好赤裸，还是说他带着黑色西装下赤裸的欲望吗？你们这些文人，真是的。"

我没有回答这话，但跟他们谈话，就是很累人，而且会对自己的理解能力越来越多怀疑。

"我从零件中拾起了 P，解开了缠在他身上的电线，然后我背起了他，带他到我二楼的办公室。"经理人继续说，"那时候，他一直在我耳边说：'吃得饱饱的、吃得饱饱的。'一直喃喃。那是一个炎热潮湿的早上，我们都一身大汗。"

我想象经理人背着 P 的情景，然后脑海闪过了一套八十年代日本电影的画面，电影名字叫《铁男》，导演是冢本晋也，一套低成本，简陋制作，相当灰暗，而且好嘈杂的所谓科幻电影。这时，我们的车子驶过了一座水泥厂。

"然后呢？"我问。

"然后我开始跟他对话啊！但没有成功，他只是一直重复念着'吃得饱饱的、吃得饱饱的、吃得饱饱的'。我陪伴了他好一段时间，也还是没有办法跟他好好对话，总之他就是喃喃自语，也不知道他是否在响应我的话。于是我就去了隔壁给他倒开水，反正就是给自己找一点事做。"经理人笑说，"回来时，我就见到P好平静地坐在蓝色塑料椅上，咀嚼着我扔在电视机旁的一盒螺丝钉。他一口都是螺丝钉。"

"那时候，你怎么反应呢？"早已在其他访问中读过这些故事的我问道。

"没反应。这个你一定要写下来。"他说，"那是我第一次见到人吃螺丝钉，但居然，那个场面是一点儿震撼都没有，好自然，好和谐，就像你黄昏下班回到家，见到你十多岁的孩子坐在沙发上一边看电视，一边吃饼干，你会有什么反应吗？你不会有什么特别反应，最多就是说：'吃这个不太健康呢！'就是这样罢了。"

"所以，你没有质疑为什么P先生吃起螺丝钉来吗？例如，这会不会是一种病，还是其他的什么？"话一说毕，我就知道自己失言了。

"当然不是一种病!"果然,经理人说,"难道你会说世界上第一个吃螃蟹的人有病吗?"

"哎,鲁迅说第一个吃螃蟹的人肯定是勇士。"我尝试顺着他的意思说道。

"不知道谁是鲁迅。"他说,"但我肯定世界第一个吃螃蟹的人不是因为有勇气。"

"那是为什么呢?"而我想,不知道鲁迅,但又引用"第一个吃螃蟹的人"是怎么的一回事?

"那是因为那个人真的饿,而且他想吃饱,他不想继续饥饿下去。"经理人说,"何况螃蟹好吃啊!"

经理人将车停进沙滩与海岸酒店之间的一个露天停车场,他说:"不过,虽然不是病,但话说回来,吃螺丝还是不健康的,像杯面,而且是高剂量的杯面。"

"怎么说?"我问。

"你继续听着就明白。"经理人关掉了开车时一直放着的 B.B. King[①]。我也拿出了我的笔记簿与墨水笔,他继续说:"我就这样收留了 P,起初只给他吃螺丝钉,但慢慢发现他其实什么金属都可以吃,也喜欢吃,那就太好了。我当时想,一个吃烂铜烂铁为生的人,能够置

---

① 布鲁斯小子·金,美国歌手。

身在一个回收厂里,这实在太美满了。这根本是他的天堂。"

吃螺丝钉、烂铜烂铁、回收厂→天堂,我在笔记簿上这样记下来。

"那 P 先生慢慢可以跟你说话了吗?"我问。

"还未可以。"经理人说,"P 的胃口就是慢慢好起来而已,金银铜铁锡,他都吃,而且越吃越多,从早午晚三餐,慢慢变成一日七餐。我也懒得理他,反正我以为他也吞不下一个回收厂。"

"后来真吞下了吗?"

"倒没有。"经理人稍稍撇了一下嘴角,"的确有这趋势,只是没有成功,到最后是他身体支持不了。"

"就是你刚才所说的不健康。"

"对。"经理人说,"主要是体重问题,我拾起他时骨瘦如柴,吃了一个星期,已经回到一百三十磅[①],再过了两个星期,已经增加到二百一十磅!你想想,他才一百七十六厘米高,而且这暴肥的速度,也太可怕了吧!"

我记下:骨瘦如柴(一个星期)一百三十磅(两个星期)二百一十磅、一百七十六厘米高。脑子里浮现了

---

① 1 磅约等于 0.45 千克。

《Ghostbusters》[①]的画面，不是那一只绿色鼻涕状贪吃鬼，而是那一只在高楼大厦之间破坏的胖胖白色棉花糖鬼，他的脸上总是带着一个邪恶的天真笑容。

"P就这样一直胖下去。"经理人说，"我有尝试减少他的食量，但他很敏感，吃光了给他的分量后，便发了疯似的在办公室中四处乱找金属吃。"

"你一直将P养在办公室里吗？"

"养？"经理人笑了笑，太阳眼镜挡住了他的眼睛，却遮盖不到他深深的鱼尾纹，"那可是一间三百多呎[②]的房间，还配有空调。那是P的安乐窝！不过，为了他的健康，我就再买了一个笼子，让P住进去，以防他饿疯了后捣乱。"

"铁笼子？"

"对，哈哈，铁的，你也想到了吧？好愚笨的事。"他说，"我还记得那一天。P往常要在中午十二时整吃他的午饭，但那天，我有事跑到外面去了，大概两时多才回到回收厂，我心想'还好P在笼子里'，然而却同步想到'怎么是铁的！这次办公室没了'，我飞快地跑上办公室的楼梯，手上一盒螺丝钉几乎倒了一半。我一开门，你猜我见到什么？"

---

① 电影《捉鬼敢死队》，有多个版本。
② 呎，香港房屋面积计量单位。10呎约为1平方米。

"一团糟的办公室？"我说。

"当然！"经理人嘚瑟地说道，大概是因为我落入了他预期的说话套路，"但除了一团糟的办公室外，我还见到一个男性完美裸体，像 Myron[①] 的雕塑一般站在我面前。"

"是 P！"我冲口而出，马上又后悔起来——这是多愚蠢的反应！

果然，经理人又嘚瑟地笑了一笑，说："对，你猜对了，就是 P，不再肥胖，而且有着一身完美的健壮体魄，一丝不挂，和谐、庄严、恬静。右手拿着我的钱箱，空空如也。"

于是，我只好在笔记本上记下：完美裸体、Myron、右手拿空的钱箱、和谐、庄严、恬静。

P 成为"Discobolus"[②]那一天之后的故事，P 在不同的演说、讲课，还有他著作的序中都有零零碎碎地提及，大概就是在那一天以后，P 终于知道，真正能够让他"吃得饱饱的"，其实就只有钱币。吃钱币的 P，不单吃得饱，而且吃得健康。之后，P 与当上了他经理人的回收厂厂长，穿州过省介绍、表演 P 的吃钱之道，当

───────
① 米隆，古希腊雕刻家。
②《掷铁饼者》，米隆的知名雕塑。

然少不得品尝各地的钱币，并且开创不同的吃钱方法，怕苦的人可蘸上蜂蜜进食（但切忌同时吃虾），喜欢香口的可以将钱币混入苹果粒慢烤成馅饼等等，就这样，种种吃钱方法，就以列表、菜谱的形式广传开去了。用上了八年的时间，P的信徒遍及了五十二个州，每个州都有设立他们的会社，倡导吃钱的好，P还训练了一班吃钱治疗师、吃钱营养师，还有吃钱顾问，从身心两方面，协助大家吃钱。P又用上了三年的时间，写成了《吃钱的二十五种态度与方法》一书，书中谈到二十五种吃钱的好处，再加上《吃钱的四季菜》《抗吃钱初期反胃术》《从一毛吃起》，以及《吃钱瑜伽初探》，一共四个附录章节，全书三百一十三页，成了一时的畅销书。

一个星期五的早上，经理人打电话来。

"P先生的自传计划暂时搁置。"他一口气就这样说，没有半点问候、客套。

"为什么？"我问。

"因为P失踪了。"

"为什么会失踪的呢？"我拿起了案上的笔记本与墨水笔。

"不知道原因。P也没有留下只言片语。总之，开过上星期一早上的董事会后，就没有人再见过P了。"

"销声匿迹?"我想,在这个世界,一个人还能够无声无息消失的吗?何况是像 P 先生这样的名人,同时,我心中泛起了写作的欲望。

"对。"经理人说。接着一阵沉默。我仿佛听到经理人的叹气声,但我没有特别记下这一阵子凉凉的沉默。

"所以,P 的自传计划暂时搁置。"经理人又说了一遍。

"似乎暂时也只能这样。"我说。

"还有,就是关于稿费的事。订金,我们就不收回,谢谢你花过的功夫,但剩下的作者费,我想若计划重开,到时再谈吧!反正暂时不想再浪费你的时间。"

"没问题。之后再说。"

"那么,就这样吧。"

"再见。"我就这样挂上电话,放下听筒,慢慢翻开簿上的笔记,然后一边许愿,一边想着我下一个的写作计划,关于失踪。

TOP TIP
When a performance seems to be sold out, the concierge of your hotel may still be able to get some tickets.

塔克斯之役

小说家卜洛克[①]说,这世界有两种人,一种是把世人分成两种人的人,另外一种是不这么分的人。据说,在爱情世界里,也有两种人,一种是喜欢善待自己的人,另外一种是喜欢虐待自己的人。如果这个爱情理论成立,大概从前的 E 是后者,而在那一次"事件"以后,E 成了前者。

有时,大家会误以为在爱情里,"喜欢善待自己的人"就是所谓爱自己多于爱伴侣的人,而"喜欢虐待自己的人"就是爱伴侣多于爱自己的人,其实不是。无论前后左右上上下下,在爱情世界里,大家都是爱自己的人,或许只是方式有异,程度不同。当有一种爱的方式,浓烈到我们的身,或心,或两者都不能承受下去,我们就会做一次了断,以完结那一次的爱。爱情的了

[①] 香港译名,即劳伦斯·布洛克,美国推理小说作家。

断，有很多代名词，有时叫婚姻，有时叫分手，有时叫再见，各式各样，但无论是如何了断，不要怀疑，那一份给你了断了的爱，当初还是出于你对自己的爱，以及对自己最想爱的爱的一种爱。以上这些乱七八糟的爱情理论，是我在网上论坛"两性关系区"看到的。

这网上论坛是 E 最常探访的网站，不过她最喜欢看的是"网络资源区"。

E 二十八岁了。小学时，妈妈给 E 买了一台 386 计算机，那是还未有"窗口"的年代，E 在那黑白画面的 DOS 接口，以"LOGO"程序，输入一串命令码，做出了她与计算机的第一件作品：一个圆形。事实上，它也不是一个圆形，而是游标不断拐弯游走后留下的路线图，放大地看，看到的是一条像楼梯一般一级一级起角的线。E 曾说："只要我们看到够细，世界上从来没有圆。"游标在起点出发，从九十度起步，计算好角度，一横一直，然后按照不断重复的命令码，绕了一圈回到起点，游标走过的格子给填满了白色（那时的屏幕，仔细地看，其实就是一面印上了无数小格子的镜）。光标画出"圆形"的那一刻，E 说她一辈子都不会忘记：打入计算了一个下午的命令码，在键盘上敲打一次"输入键"，然后看着那光标乖乖地走了一圈回来。E 从此爱上计算机。

读大学本科时，E选上了"计算器科学与工程学系"。同班只有两个女同学，一个是E，而另一个是好讨厌E的一个女孩，而班上余下的三十多名男生，亦没有怎样留意到班上有两名女生（E怀疑当中百分之三的同学，甚至没有留意到有其他同学存在，而所谓其他同学，大都不是真的喜欢"计算器"，他们只是刚好进了这个系，而跟"计算器"最多的互动是玩电子游戏）。经过三年的本科生活，E在博客上写着："今天毕业。这三年，我至少学会了三样东西：一、男人不喜欢能一手掌握的女人；二、荷兰足球的十上十落是狗屁；三、计算器不是计算机，叫计算机为计算器的人的脑袋应该只懂得计算。"后来，E考上了博士班，修读电子工程，论文研究"连续时间与离散时间的傅立叶变换"。

E的朋友寥寥无几，都是中学的同班同学，一行四人，其实不过是一个三人女团加上E的配搭，当时只求午饭时间坐的士回校方便，"四个人"是最划算的数字。进大学后，E偶然也会参与她们的聚会，但始终不觉得投入。E最后一次跟她们见面，在一间国际品牌酒店的咖啡厅下午茶，她们谈的是隆乳："据说，做隆乳的医生大都是单身的"；"心理学家说，隆乳是地位的象征，表示女性可以用金钱买到自己满意的身体"；"听说，美国食品药物管理局于九十年代中已经禁止了硅胶隆乳了";"究竟隆乳要多少钱呢?"。

"为什么她们会知道这些事呢?"E 心想。E 觉得她们的聊天越来越像圣经里描述的方言。一次失约,两次失约,她们也再没有找 E 了。

E 是一个平实的单眼皮女孩,常常穿不同花样的黑色 T 恤,加一条黑色牛仔裤,又或袜裤,穿绑带布鞋。无论是真人的她,还是在网络世界上,E 总是给人一份真诚而善良的感觉。在网上论坛,E 是有人气的"麻烦终结者",大大小小的计算机问题,从风扇的配置到木马程序的漏洞,E 都会一一详细留言解答,而当遇上不懂得回答的问题,便更是 E 兴奋钻研的时候。E 真心相信自由与平等,而她认为只要在网络世界,真正自由与平等才得以维持,资本家与政治家操控不了网络,而维持这网络平衡就是黑客的本分。我还好记得 E 在教我写第一组"行话档"之前的"面试",我们约了在校园饭堂见面。

"你有什么人生的价值吗?"E 问。

"开心。"我答。

"还有吗?"

"可以随时开心。"

"这就是黑客的道德义务。"E 说。

我没有明白什么叫"道德义务",我只记得一身男生打扮的 E，其实长得相当标致。对 E 来说，当一名黑客是一件神圣事业，她常在微博上写一些在我看来像灵修金句的帖子，例如什么"共享就是美德""我们要相信自由与流动""知识应该是秘密的反面"等等。作为一位白帽子、一名善良的黑客，E 希望消灭世界的不公，尤其各式各样的欺凌。

E 是什么时候当上黑客的呢？我记得，她曾经跟我说了一段往事：那时她读中三，已经相当沉迷计算机世界，可以一天到晚坐在计算机前十多个小时写程序、实验不同编码、组织行话文件。有一天，她放学后，如常地回到计算机桌，突然，一声巨响从背后远处袭来，那响声像一阵冰冷的风，令她不得已地分了神。E 往铁闸外的天井望了望，就不以为意地继续工作，隔天早上，她才知道那是她一位同班同学跳楼坠地的声响。

这男生跟 E 同班，也在同一个屋村长大，也是那一间中学里少数在屋村长大的小孩，因为其他同学都住私人楼。E 不是被欺凌的材料，但他是，他重视人际关系、不服输、纯真，而且长得平平实实。E 曾经目睹过无数次同学们对他的欺负，例如骗他"之、知、资、姿、枝"是不同音的字，害他独个儿自说自话了一星期，弄脏他的校服、功课、椅子，乃至后来的暴力。E 跟他不是朋友，但 E 为了他的死而内疚。

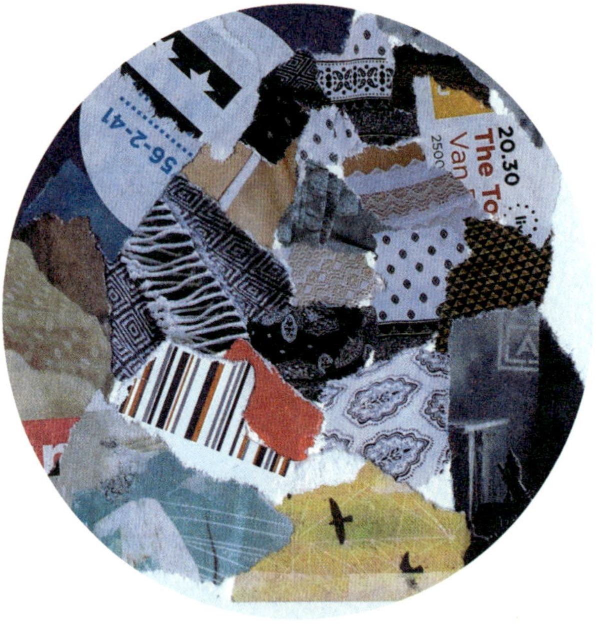
56-2-41
20.30

E总算教会了我写bat程序，总共花了三十四天的时间。我有点怪责自己的迟钝，E说马克教她时，才花了两星期。马克与E也是在网上认识的，也是同一个论坛，我们三人都是这个网上论坛的常客。那一天，有人问了一条关于洋葱浏览器的问题，E如常饰演麻烦终结者的角色，但马克却继续留言，说了E也没有留意到的一些观念问题，如路径逻辑、并行线路回转方式等等，然后他们两人越谈越起劲，就成了私讯朋友。有趣的是，E与马克不太喜欢讨论计算机的事，反而喜欢倾谈宗教、星座、神秘主义的事。有一晚深夜，他们聊天，内容是这样的：

"我觉得你像一个历史人物。"马克说。

"谁？"

"王聪儿。"

"没有听过。他是怎样的一个人？"

"正史没有下多少笔墨的一个卖艺女子。"

"你怎知道我是女的？"E问。

"打从你第一个发的帖子，我就觉得你是女的。"

"这么明显吗？"

"不知道，也无法证实。"

"你为什么觉得我跟王聪儿相似？我看网上也没有多少她的数据。"

"就是一种面对坚壁清野,也无所惧怕的姿势。"

"坚壁清野?"

诸如此类的题目,他们往往可以一来一回对答到通宵达旦。记得在她博士资格试前的一个多星期,我和E约了见面,也是在学校饭堂。

"我们为什么要活在这样虚伪的世界呢?"E问我。

"怎么了?"我问。

"马克昨晚跟我说了一个故事。害我想了一个晚上。"E说。

"怎样的故事?"

"一个童话故事。"

那个童话故事是这样的:从前,有一个女孩,她长了一双很美的眼睛,大家都叫她"亮眼女孩"。亮眼女孩的母亲死后,父亲娶了另一个女人,又生了一个女儿,继母对亲生女儿无微不至,对继女则残酷非常。有一天,继母命令亮眼女孩到山上放羊和摘石楠花。当亮眼女孩在摘石楠花的时候,突然,一个戴着红帽子的小矮人冒了出来,说:"你怎么能够毁了我的屋顶呢?"亮眼女孩好抱歉,于是将自己带着的那混了泥沙的蛋糕送了给小矮人。小矮人吃过后,好欢乐,就让亮眼女孩许了三个愿望。亮眼女孩第一个愿望是要变得更美丽;第二个愿望是她每次开口就能吐出一枚金币；第三个愿望是可以跟国王结婚。小矮人都应允了。后来，继母知道了这事，便叫亲生女儿去找小矮人，但她不但长得丑陋，而且粗鲁无礼，给她惹怒了的小矮人便诅咒她一开口就吐出癞蛤蟆，而且最后会悲惨而死。最后，美丽的亮眼女孩嫁给了国王，而国王又下令将继母的女儿锁进装满尖刺的木桶中，并以六匹壮马拉着桶子拖行，继母的亲生女儿因此惨死了。

"这算是童话故事吗？"我问。

"对啊，再寻常不过的童话故事。"E说。

"的确有继母、精灵、愿望。但也太残暴了吧。"

"可能吧。"

"为什么国王要这样弄死那女孩呢？"我问。

"不知道。"

"结局太残暴了。好奇怪的故事。"我说。

"一个只求美丽、金钱与男人的女孩，居然是一个童话故事的赢家，真是好奇怪。"

马克与E的话题一天比一天深奥，在他们相识第四百一十六天以后，我已经无办法再怎样理解他们对话的内容，以至对话间的逻辑，有时当E跟我分享她与马克的"精彩讨论"，我也只好"嗯、喔、哎"的胡扯过去，我实在搞不懂什么叫"信息主义"，也听不明白托马斯·孔恩的《科学革命的结构》与"开放资源模式"的关系，而就算我真的听懂了，我也肯定不会理解，以及公元四世纪的艾瓦格理乌·彭提古（Evagrius Ponticus）修士是一位如何被忽视了的伟人。

离博士资格试不到一星期的时候，E进入了一种近乎焦虑的状态。早上起床，她就在自己二百尺大的斗室来回踱步（考上了研究院后，E找了这个有独立洗手间的套房单位自己一个人住），而当她定了心神，搞清楚自己是因为考试而烦恼时，她就呕吐，然后胃、肠、肝都烧起来。

"实验的初步结论都出来了，也找到了论证的方法。你还烦什么呢？"我问E。

"我一想到要面对四个教授，还有两个是素未谋面的外人，我就受不了。"E说。

"校外评核，没办法。我当年进入会议室时，见到负责校外评核的教授，就是我参考数据引用得最多的两个学者，我那时就想：'这次死定了！我不能胡说八道。'"

"不要说了。想吐。"

"但，我不是也过关了吗？"

我这个安慰的话，显然没有起什么作用，因为就是当天晚上，E破戒地攻入学校的电邮系统，截取了系主任与评核教授间的邮件与报告。

这行为绝对是身为"白帽子"的她所不能做的事。在黑客的世界，有专门以钻安全漏洞来获取非法利益的"黑帽子"，于是又有了专门研究漏洞，并将漏洞公开以提醒系统拥有人的"白帽子"，而白帽子的第一戒就是："不以黑客技术做自私的事"。这戒律由麻省理工学院的程序设计师在六十年代提出，后来更由发明小操作系统Linux的开山鼻祖林纳斯·托瓦兹（Linus Torvalds）扩充成为"林纳斯定律"[①]，成了我们一众白帽子的思想纲领。E是这样教导我的，但她却违背了。转变，一个人的行为转变，或许真的没有想象中的复杂性与戏剧性。

其实，正如E的预料，教授们关心的题目都集中在傅立叶变换中的折积特性，尤其折积函数的逆形式在连续时间中的转变。题目没有多少难度，如果非要说E这次破戒的侵入是有意义的话，大概就是安乐了E的心，

[①] 在加州大学伯克莱分校于湾区举行的一场座谈会上，林纳斯·托瓦兹提出了他的"林纳斯定律"，他说：我们把所有生活的动机分成三个基本范畴，它们依序是："生存""社交生活""娱乐"。更重要的是，这三个范畴也可以被视为生活的发展的三个阶段，而所谓的进步就是从一个范畴进入下一个范畴。

但也同时玷污了她顶上的白帽子。

E顺利完成了她的博士资格试。席上三位教授都加以肯定，还提出了很多正面的意见。E如释重负。离开黄昏的校园，E便到家旁的超级市场，买了一盒寿司与一瓶梅酒，打算回家庆祝一番。E所住的地方，与其说这是一间普通的套房，它更像一间技术主义风格的铁皮屋，外墙以不同的金属构建而成，一件配件接上另一件配件加上外露的电线、喉管、钢筋，总让人想起罗恩·赫伦（Ron Herron）的建筑。这房子诡异而有趣，唯一的问题就是在大风大雨的日子，若碰巧给雷电劈中，电力系统就会失灵，而网络也会中断，那时候E就会去冲一个时凉时热的热水凉，冷静一下心神。虽然如此，这里仍然是E的天堂，这是她离家出走以后的第一个家。

回到家，E唤醒了待命状态的计算机，然后，打开食物包装，将梅酒倒入放了三砖冰块的纸杯，然后第一时间找马克：

"在吗？" E说。

"在。今天顺利吗？"

"没有半点意外，都在预期之中。"

"所以，是快乐的一天？"

"快乐啊!怎么会不快乐呢?"

"有一首日本民谣叫《妹妹背着洋娃娃》,你知道吗?"

"嗯,是那首恐怖的民谣?"E说。

"这是关于一个叫'北村玉上'的小女孩的故事。玉上是一个将军的私生女,长得很丑,当时的人以为丑像瘟疫会传染人,所以不但将军从不见她,连她的母亲与妹妹也不敢接触她。玉上因此整天抱着她的娃娃,躲在自己的房子里,到十五岁时上吊自尽了。玉上死后,头发继续长,从腰长到地上才被母亲发现。母亲居然此时良心发现,悲痛起来,怪自己没有好好爱惜玉上,最后还抱着玉上的娃娃忧郁自缢。事情本以为告一段落,谁知道玉上的房间一到晚上就传出歌声'妹妹背着洋娃娃／走到花园看花／娃娃哭了叫妈妈／树上鸟儿在笑话',用人报告将军,将军到了房间,觉得就是玉上那白脸微笑的娃娃搞鬼,于是命雕工将娃娃的脸雕成吉祥的猫脸,而为了不让娃娃再唱歌,雕工还将白脸猫的嘴拿走了,从此她便不再唱歌。"

"哈哈,你骗人!"E说,"我小时候也喜欢Kitty猫的。"

那一晚,马克再没有说半个话,这不是不常见的,马克总是神出鬼没,于是E喝过了两杯梅酒后,便倒头去睡。

睡到半日，E 突然从噩梦中惊醒过来。梦中，E 看见一只企鹅飞翔，在高空盘旋半天以后，企鹅找到一个在沙漠中的弃置机场，企鹅转眼间成了 E，于是 E 便向着机场上的一个"H"字俯冲，E 没有办法减速，一直向地面加速堕下，E 像困在一具尸体中的灵魂，心急如焚，就在碰到地面的一刹，E 感到右边乳头的一阵刺痛。E 就这样醒来了。

无法再入睡的 E 像进入了"自动书写"的状态，就似扶乩一般的，E 的手指于意识与无意识之间敲打键盘，噼里啪啦，天亮前便写成了一入侵程序，E 命名它为"Dam"。Dam 其实是一个很简单的入侵程序，与一般网络入侵没有多大分别，只是 E 为它加添了一个好玩的元素，就是"随机性"。只要 E 打开这个程序，Dam 就会自动进入 E 的微博，在她的"关注"名单中，随机抽出一人，并直接侵入他最常用来发微博的 IP 地址所在的装置，无论计算机或手机，并无声无息地开动了这装置的镜头与收音装置。

那是十一月初的星期六早上，E 开动了 Dam：中学时的训导主任在菜市场买菜，将十块钱的半肥瘦猪肉，放到市场的公秤上量；网店模特儿在登山，背光地与太阳自拍；一张空空如也的床；大学同学在看医生，大概是患了中耳炎；另一个大学同学，是一名左撇子，正在写电邮；一只猫与一只狗在追逐；初中时的情敌在美式快餐厅吃热香饼早餐；没化妆的艺人为她的两道疤痕涂药膏；另一个艺人在挫指甲。

一个接一个地看，E 像一名到博物馆参观的游客，目光停留在每件作品不超过三秒钟，直至 Dam 送来了"歌手"的画面。歌手是城中当红的创作人，维基百科说歌手是："著名创作男歌手，已婚，育有一子，为山达基教信徒。他是一个罕有的全方位音乐人，唱歌打鼓、钢琴吉他、曲词编监。近五年，两夺年度华语最佳男歌手奖。"Dam 开启了歌手计算机的镜头，而歌手正在拿着吉他写歌。歌手的房间四平八稳，镜头前有他，他的背后是一张 king-size[①] 的双人床，床头倚着米白色的墙，那是三边都可下床的宽敞的空间设计。

歌手对着 E，弹奏、唱歌，E 享受着歌手为她的庆祝而歌唱。

十一月十一日。E 关闭了 Dam 的随机性入侵制定，而 Dam 从此只与歌手的计算机长期联机。同日，E 看到马克最后一次上线。

[①] 欧美皇室大床尺寸，折合约 203 厘米×193 厘米。

有时候，E会看见歌手唱歌；有时候，E会看到歌手和妻子在床上（或床边）做爱，每次都是同一款体位，歌手身体从后地压着妻子身上。有时候，E也会看见歌手和儿子在床上弹跳，或一起读书。而又有一个晚上，E看见歌手的妻子带了一个女性朋友回来，他们仨睡在同一张床上，妻子睡在中间，歌手睡她的右边，而朋友则睡在床的另一边，夜深时候，歌手醒来和妻子若无其事地在睡着的朋友旁边做爱，在同一张床上，也是同一款体位。

慢慢，E感到歌手留意到了她的存在，而且与她互动。歌手几乎每天下午都在计算机前自渎，当看见计算机的另一边传来肉欲的场面，E都会在屏幕前，一起自慰。E随着歌手的速度、节奏，享受身体的喜悦，E感到大家一起来的高潮。那一刻的圆满，总让E想起她画出的第一个圆。E喜欢跟歌手的各种互动，她直接与歌手的计算机、手提电话、平板计算机，还有歌手家中看顾小孩的各个方位的镜头，全盘联机。E陪着歌手写歌、看表演、等埋位[1]、洗澡、用餐，E说："我简直觉得自己是他的跟得夫人[2]。"

---

[1] 粤语，指就座、开始。
[2] 跟伴侣跟得很紧的女人。

在第一次跟歌手一起高潮之后，E 在学校露面的日子越来越少，直至十二月底，E 像消失了一般。我为了见她，一有时间都会跑到她的实验室看看，但她都不在。她的同事也不知道她的消息，而我给她的留言和讯息，她从初时以平均一天一回复，到后来近乎石沉大海。这是她的自由与快乐，我也没太在意。就那么又过了一个月。

一月中的星期六下午，马克给了我一份电邮：

"我是马克。你应该知道我是谁。我有一事请求。关于 E。在十六世纪，有一位画家，名字叫 Hans Baldung-Grien[①]，他画了一幅著名的画，画中有一名肌肤白皙年轻女子，裸露着圆润的身体，身上仅有一层薄得无法遮住阴毛的轻纱。女子双手合十，而一个骷髅则从女子的身后抓紧她的长发。E 就要成为这一个女子了，而我想，我们应该帮助她，否则，她会很惨很可怜。E 已经不知道自己在做什么事、将会走向什么的一个结局。她完全放弃了自己的事业，而且每天都在想办法骚扰歌手的太太，还有儿子。她已经没有办法，因此我们需要阻止她。我今天冒险拦截了 E 假扮歌手发给他太太的一条讯息时，给 E 发现了我的回路途径，她还未追踪到这是我

[①] 汉斯·派尔顿，德国文艺复兴时期画家。

的入侵，但我要你帮助我，拯救 E。请回复。谢。"

马克的电邮，我反复读了几遍，感觉怪怪的。这是我第一次与马克真正接触，但他说话的口吻与跳脱的方式，似曾相识，我想，我可以明白到马克与 E 为何会成为亦师亦友。于是，我带着奇怪的感觉，做了马克的帮手。

我的职责是当一只电兔。按马克的指示，我每天在 E 的防火墙外徘徊，安置破坏性编码。E 很快地发现了入侵者，两天过后，E"终于"回了我以前的留言："是你。"而"两天"也是马克计划中需要的时间。

其后两星期的发展，就是本地黑客界著名的"塔克斯之役"。"塔克斯"（Tux）是开放原始码模式操作系统的吉祥物，以标志 E 与马克这两名以编辑原始码软件语言闻名的黑客之对抗。战役的过程都给大家记录在网上各大小论坛。这场战役，以 E 反攻入马克的主机，并完全封锁了马克的回路，以及二人在网上做了最后的留言后销声匿迹作结。

马克留下了一段关于一位日本作家的文字："我喜欢一位作家，日本人，出生于一九〇九年，十九岁那年,不知道是因为他的地主阶级身份与自己对共产主义的迷恋之心理交战,还是单单因为期末考试的压力,他第一次自杀,第一次自杀不遂。二十岁那年,他考进了东京帝国大学,认识了在咖啡店工作的女待,相约在镰仓的小动海岬跳海殉情,女侍身亡,他却第二次自杀不遂。二十六岁那年,他考不进心仪的报社,于是上吊自杀,第三次自杀不遂。两年后,他相约妻子殉情,未遂,于是跟妻子离婚,为他有记录以来,第四次自杀不遂。到三十九岁那年,终于殉情成功,与情人投玉川上水①,共赴黄泉。当一个人,以死的主动为生而又总是不死,但终于求仁得仁。难道有比这更励志的事吗?有!就是他的文字,他说:我终生的祈祷,是写出一篇惊天动地、正向励志又一帆风顺的成功故事。一个以实践自毁为生的人,以写出正向励志的成功故事为理想,世界上还有比这更励志的故事吗?"

另一边厢,E 留下了歌手新 EP 的一首非主打歌的歌词:"人要开端 / 就要了断 / 错是突然 / 爱是踏前 / 至少那天 / 带偏见 / 那边见"。

---

① 玉川上水,是一条引水道,于日本江户时代由玉川庄右卫门与玉川清右卫门兄弟所开通。

从此，E与马克都没有再在网络世界出现，而以后的故事，都是我从新闻报道与网上流传综合而来的。我知道的版本大概是这样的：在二月份的一个星期六，天下着细雨。E买了最喜爱的鳗鱼便当，还买了杂菜、牛尾、番茄，大费周章地在家中弄了一锅罗宋汤，这是她引以自豪的拿手菜。另外，她还买了一瓶在超级市场买来的二百多元的红酒，以及一个六人分量的全白色奶油馅饼。在鳗鱼饭中、汤里、蛋糕和红酒，E都放了安眠药和巴比妥酸盐，这都是她一年前胸口做换皮手术后，医生开的处方药。E把计算机、食物，以及十三支点亮的蜡烛，都放好在浴室的地板上，将大浴缸注满温水，然后一丝不挂的浸泡在浴缸里。她慢慢地进食，免得身体不适应，反胃作呕。E开始困了，她在手腕上深深地割了一刀。眼睛在头完全没入水中之前，还是紧紧地盯着计算机荧幕。安眠药发挥作用，E在水中深深地呼气吸气。

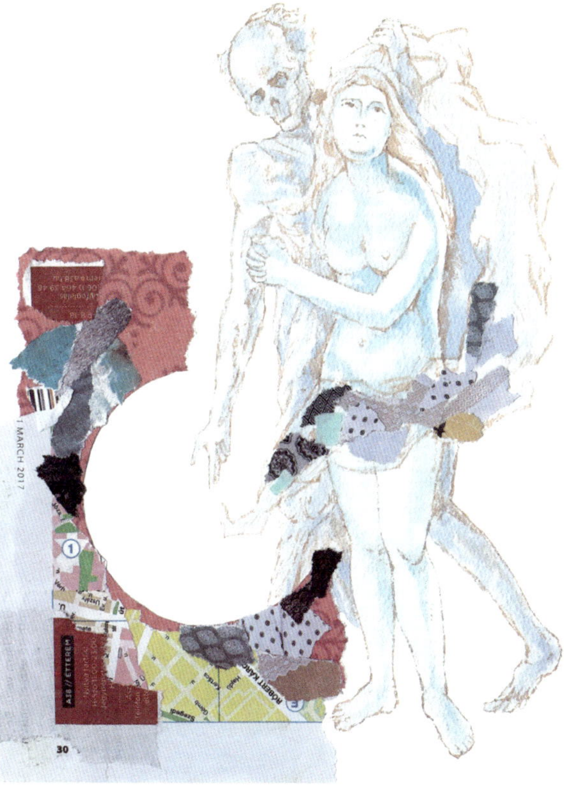
1 MARCH 2017
30

渠王

O过着规律的生活。

当O的妻子在那次不幸事件逝世后,这名不过四十岁的中年男子就开始过着如此规律的生活:早上五时半起床,到楼下的面包店买三个大麦包作为一日三餐,然后便带着一背包的街招,在附近旧区一带,四处贴上"渠王96××××";O一边贴,一边等电话,收到电召就上门开工,没有电话来,他就在街上溜达,直至下午六时整回家,然后又准备明天要贴的小街招,到了晚上九时半洗澡、睡觉,日复一日。

说O做上门维修,其实是义工。在O的妻子在生时,O已经是一名有专业资格的水喉匠,街坊都叫他"渠王"。那一次事件后,O把自己关在家中整整三个多月,O的妻子是他唯一的朋友,她死后,O理所当然一般的孤独一人,而这三个多月的时间,幸好还有一名社工天天给O送饭,陪他聊天。现在回想起来,社工说,在探访期的尾声，O开始主动讲话，跟他聊说马桶的历史，说古罗马的铅制水管有多伟大，伦敦的下水道设计有多奥妙，以及他多崇拜克罗阿西娜女神[①]，而O常挂在口边的话是："你知道吗？爱德华王子曾经说过，如果他没有成为亲王的话，他宁愿做一名水喉匠。而我的太太常常说，如果她没有成渠王夫人，她宁愿做一名皇后。"后来，O的心情终于好过来了，开始四处贴街招，当起"义务通渠"。

刚开始时，O都是用白色油漆，在桥底、灯箱、信箱等地方，涂上"免费通渠9226××××"。这样写，不但没有任何人来电，过了两个月，还惹来了警察上门查问，以为他是骗子。这也是O的事件有了备案的原因。于是O学乖了，只在街上贴小便条，写上"渠王9226××××"，到上门，工作办妥以后，他才告诉户主他是做义工的，不收分文。别以为这种反资本主义社会行为，会为户主带来什么烦恼，或者不好意思，在O居住的旧区，住满了生活窘迫的老人，他们打电话找O时，本来就踌躇如何跟人家说自己没钱付维修费，当听到O说是义务帮忙，他们往往如释重负。

当然，O的义务通渠，也不是一无所获的。有一

[①] 古罗马神话中，管理下水道与公共卫生的女神。

次，当 O 为一个住在唐七楼天台铁皮屋的老人家，修好了入屋的食水喉，打算收拾离去之际，那位老人家把 O 叫停，然后从厚实的电视机后面拿出了一本发黄的画册送给 O。那老人家本是一名画家，年轻时还在大会堂高层展览厅参加过几次联展。因为实在没有什么可以报答 O，他只好送 O 一本自己的草稿画册纪念。O 把老人家的画册欣然收下，不是因为他喜欢艺术，只因他翻开画册时，发现空白甚多，可以当笔记簿用，好做他的"记账簿"。

O 每一次上门维修，虽然都不收任何费用，但总是会在他的记账簿记下户主的姓名、电话、地址，在千禧年以后，还加上了电邮。那一次事件以后，那些户主回忆说，原来 O 每次维修后，都会跟他们说同一段话："我是一名水喉匠，义务维修，你就不用付我钱了，这是神给我唯一的技能，也是我能够得到幸福的唯一技能。其实，我有病，不传染人的，但也好不了。我只希望在余下的时间，尽量帮人。但我可以请求你，也帮忙我一件事吗？如果有一天，你忽然收到我的消息，请求你在某年某月某日，在一个指定的时间，冲一次你家的马桶，纪念我。你能答应我吗？"这段说话，写在 O 每一本记账簿的第一页。

尽管奇异，却是举手之劳，又有谁会拒绝呢？只是有一些户主,没想到,居然要等到四十多年后,才收到O的来电。

当警方破门进入O的铁皮屋,眼前是一个整洁的家,没有想象中贴满整个墙壁的城市地图或相片,没有任何乱七八糟的杂物,只是一个平常人家的家居,家中央放了一张陈旧的木制折椅,破了的接口还是用尼龙线裹着,四面墙从地板到半腰间放满了一堆堆看似混乱,但都编了号码的记账簿。警方花了一个星期的时间,点算这三千多本记账簿,发现当中记下了大约四十万户的资料,遍及这个城市的各大小旧区,以及新市镇。但,偏偏就是找不到那一本"01"的记账簿。

花了四十七年的时间,O得到了十万个承诺,但这数字距离他的目标还相距甚远。O心里知道,这个花了他半辈子的计划,成事在天,而且他不能再等了,八十七岁的他,真的病了。在公共图书馆的计算机前,O找到了他的救赎:世界杯决赛的直播时间终于宣布了,本地直播时间为晚上九时。O知道,这是他唯一的机会。

O花了三个月的时间,用电话、邮件、电邮,甚至上门,一一通知这四十万个故人:"时间到了。"一个花了四十七年的复仇计划，终于要实行。万事俱备，O坐在茶餐厅的卡位，要了一份太太最喜爱的椰挞和奶茶，与其余三个素不相识的人，一起看这场阿根廷对法国的世界杯决赛。O感觉，这四十七年转眼过去，而这四十五分钟，却慢得像地球停转了一般。好不容易，球证鸣笛，上半场结束。O看着手表：九时五十分。还有十分钟。如O所想，茶餐厅里的客人开始纷纷起来，赶到洗手间去，有的往茶餐厅的厕所排队，有的走到街口的公厕，还有的跑回家里去。O带着感谢的眼神，看着他们，仿佛看见鲑鱼跃出河面的光。

十时整，球证鸣笛，下半场开始。

警方最终找来了当日每天送饭的社工问话，问他能否记得O谈到要毁灭这个城市，或什么为妻子复仇计划等事。此刻，那一位戴着黑框眼镜，梳着平头装的社工想起来，说："O先生曾经说过，克罗阿西娜女神教导他，别小看抽水马桶，如果一个城市，有两成人同时冲厕，这城市就毁了。"

牛人计划

《但以理书》四章，二十八至三十三节："这事都临到尼布甲尼撒王。过了十二个月，他游行在巴比伦王宫里。他说：'这大巴比伦不是我用大能大力建为京都，要显我威严的荣耀吗？'这话在王口中尚未说完，有声音从天降下，说：'尼布甲尼撒王啊，有话对你说，你的国位离开你了。你必被赶出离开世人，与野地的兽同居，吃草如牛，且要经过七期。等你知道至高者在人的国中掌权，要将国赐予谁就赐予谁。'当时这话就应验在尼布甲尼撒的身上，他被赶出离开世人，吃草如牛，身被天露滴湿，头发长长，好像鹰毛，指甲长长，如同鸟爪。"

B十七岁的时候，父亲跟他有了一次亲密的对话。虽然是两父子，B又是长子，但父子之间，从来没有什么接触。父亲在货柜码头当司机，日夜轮班，B放学

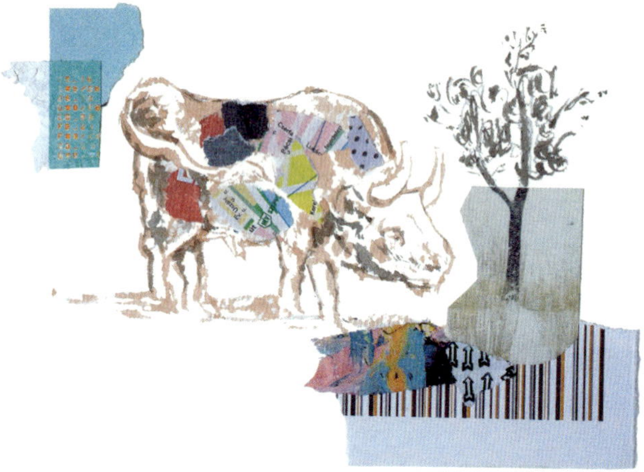

时，父亲还在睡，到父亲差不多时候要上班，也是 B 上床入睡的时间。那一年，B 因为初恋的结束而变得郁闷，整天躲在被窝中，父亲就带了他到家附近的公园走走，然后像电视剧的老套，两父子坐在足球场的观众台上相谈。得悉 B 并不是弄大了别人的肚子后，父亲如释重负。

"当你遇到一个令你反胃想吐的女人，而又让你不能自拔，她就是你真正的爱人。"父亲抽着他的醇万香烟，淡淡地说。回想起父亲当时的模样，B 怀疑，好像人要说蛮有哲理的话时，人就非要点一根烟作道具不可，又或者，像他父亲这样的一个男人，天天以为自己说的每一句话，都是大家非听懂不可的至理名言，难怪他最后得了肺癌。

"一个男人，幸运的话，一生人可能会遇上一次这样的女人。"父亲继续说，"所以，其他的人，不过是刚巧碰上罢了，不要太上心。"

B 当时想，"父亲是不是也遇上过令他反胃作呕，却又让他不愿放手的女人呢？这个女人应该不会就是母亲吧？究竟，人怎样会爱上一个总是令自己反胃的人呢？" B 没有问父亲，但这些都记在 B 的脑海。

B 学业不太好，二十岁那年开始工作，当过车房技工、速递员，还有在茶餐厅负责送外卖。每一份工作总让 B 认识了一些女孩子。B 孤僻的性格，让他既没有成为很受欢迎的男孩，但却总是吸引到一些女孩子的宠爱。其中一个对 B 来说接近属于"令他想反胃想吐"的女人，是一个有吸烟习惯的女孩，不是抽得很厉害的那一种，只是上班前一根、中午饭后一根、每次要开会前在后楼梯一根、跟朋友聚餐玩乐时又会点燃数根香烟作下酒物的分量。B 第一次跟她接吻时，有丁点儿的怪感觉，一点点的反胃感，但很快，B 就习惯了，后来更喜欢上这味道，于是 B 知道她不真正属于"令他反胃想吐"的女人。

每一次分手，B 就转一次工，结果他认识了几个女孩子，又转了几次工作。B 每次认识新女孩的时候，都会怀疑一番：究竟，这个女孩有没有令我反胃想吐呢？直到好不容易，遇上了一个真的令 B 作呕的女孩时，B 又想，这个女孩子是我不愿放手的人吗？而每一次，当 B 遇上了令他反胃的女孩时，B 都分手得干脆利落，头也不回。

就因为这样，每次跟新认识的女孩相处几个月后，B 都会有意识地放大自己极限的敏感，试图探测对方的性格或言行有否任何一点，又或多么微不足道的琐事，会触动到他的神经，令他有分毫的呕吐感。如果没有，B 心中的某个角落就会有一种失望。遇到这些女孩，B

往往会跟她们若即若离，然后淡淡地无疾而终。

这像强迫症式的交往，有时又会将B带进另一个窘境，就是B仿佛总是期待着遇上一个可以令他反胃的女孩，但若果真的遇上，而呕吐感又持续发生，B又是相当合情合理地没有爱上这个令他一直想呕吐的女孩。有时，B抚心自问起来，为什么我这样相信父亲的说话呢？

撇开这诅咒一般的说话不计，父亲对于B最影响深远的说话，其实只有一条："学好英文，大了就可以在冷气房工作"。这就是B最记得的家庭教育："学好英文，就算做侍应，也是在有空调的西餐厅，而不是汗流浃背的大排档""学好英文，就算在地盘工作，都可以做个工人领班，或者什么安全指导员，闲时在冷气房填写表格"。总之，学好英文，才有好工作，而好工作，就是有空调的工作。

最终，B还是没有学好英文，但二十八岁那年，他找到了一份好工作，B成为一名"排酸库技术管理员"，他的工作内容就是在屠宰场的雪房中，处理冰鲜牛肉，而这个雪房的专有名词就是排酸库。B工作岗位的技术，就是不断地开关输送带按钮，并确保那吊挂一件又一件新鲜牛只尸体的输送带顺利运作，将牛送入排酸库，进行摄氏零至四度的低温冷却程序。

B好喜欢这份工作，因为他可以在冷气房工作，就像上天对他的恩赐，他将上班第一天收到的《公司架构与员工指南》，以及《排酸库技术管理员实用守则与指引》放在床头，除《圣经》外，这两本读物就是B翻看最多的书。B将整套冷却后熟的处理工序背得滚瓜烂熟，每天在自己的岗位，专心地控制按钮。

后来，B才知道，当时他认识的这个女人，比他小三岁。B二十八岁，她二十五岁，但从外表看来，她好像比B多经历了半个人生的感觉，不是指她年老褪色，相反她是灿烂的，只是她有一种质感，像古城中渡河桥上的小小石狮子，站在原地，同一个风景，看过了很多的人来人往。她就是这一只小小的石狮子。

那是中午饭的时间，B坐在排酸库外停车处的梯级上吃番茄炒蛋饭。饭堂每天供应两馔饭，七天有五个菜式的轮换，包括番茄炒蛋、凉瓜牛肉、粉丝蒸水蛋、翠玉瓜炒猪肉、蒜蓉白菜仔。突然，B旁边一扇通往饭堂的门打开了，是一个个子小小的女人。骤眼看来，她比B矮了十多公分，个子细挑。短短的头发染了棕色，肤色不属于白皙的那一种，而是让人感到活力的小麦色，额头略宽，后来B知道了这额头是她的家族标志。黑色丝质的长衬衣，手臂勾着一个很大的皮制手挽袋，非常紧贴的黑色长裤，一双鞋头有银片与纤维宝石装饰的平底鞋，露出了脚掌背的皮肤。

"不好意思。请问接待处怎样走呢？"她问。

"你是指秘书处吗？" B 回答。

"是一样的吗？"

B 点点头。

"那么秘书处在哪里呢？"

"三楼，三一五室。"

她的目光从头到脚检视了 B 一身的装束，露出了亲切的笑，问："那么你是哪一个部门的呢？"

"我是排酸库技术管理员。"

"排酸库？"

"对，就是冷却牛肉的仓库。" B 说。

"管理员，你好。"

"没什么大不了的。"

她笑了笑，然后转身进了身后的升降机。她的笑容，真的很美，这是 B 对她的第一个印象。

一面之缘，B 的心居然就此被她吸引了。她有一种力量拉扯着 B 的肺与脾胃，不是父亲所说的反胃感，而是一种掏空了心肺的感觉。"究竟她有什么吸引着我呢？"B心想。B合上了再吃不下的半盒番茄炒蛋饭，拿出了袋装和合本《圣经》，随便地打开一页，抄文。每次当他心烦时，B就会拿出《圣经》抄经文，随便一段。B一边抄，一边想念那小麦色的石狮子的笑容。

下午两时三十七分，B准备要完成他这天第四十七头牛的工序，她来到了排酸库。B透过大门的玻璃窗看见她站在门外，她对B笑了一笑，露齿地笑了一笑。好美的笑容，发尾有点湿，这是B对她的第二个印象。她打开门，进了排酸库跟B打招呼。

"你好，谢谢你刚才指路呢。你好。"她将双手放在背后说。

"没什么的。"

"我叫雨。"她说。

"我叫文，你好。"B说。

"听说你很受女同事欢迎，真的吗？"

B摇了摇头，然后脸红起来，同时心肺活动明显也加速起来了。

雨看着B的脸，又重新检视了他的外表，一百八十厘米的身高，高瘦得令人无法想象他会有可能参与除了桌球外任何运动的身材。然后，雨露出了满意的笑容。"所以是真的了。"

"没有这回事。我根本连一个女同事的名字，都记不住。"B红透了耳朵地说。

"这才受欢迎啊！"她又很亲切地笑了，"所以你在这里是负责什么工作的呢？"

"我是负责将牛肉排酸的。"B心想，好了，终于可以转话题。

"排酸？"她问。

"屠宰了的牛肉，因为缺氧而释出乳酸，这些乳酸会对人体有害，因此我们要将屠宰了的牛肉放到这排酸库进行零至四度的低温处理，将乳酸分解为二氧化碳、水和酒精，这时候，牛肉内的大分子三磷酸腺苷就会分解成可食用的基苷。"B按着《实用守则与指引》的内容背诵起来。

"所以你是很喜欢这份工作吧。"她又笑了。

"这是一份好工作。"B又想起父亲的话。

"那么，这是你梦寐以求的工作吗？"

B安静地微笑，想了想。

"怎么了？"她问。

"没什么的。只是很久没有听过这样的问题。"

"好像是啊。"

"嗯，这年头还有谁会问人什么是他的梦想的工作呢？"

"所以，什么是梦想的工作?"她又问。

"小学的时候，我想过当一名传道人，到中学毕业时，想当一名行为艺术家。"

"行为艺术?"雨说，"我没有认识过艺术家呢!"

"哈，我也没有。你呢? 你梦想的工作是什么呢?"B问。

"你怎么知道我不是已经实现了自己梦想的工作呢?"雨说。

"我没有这样说啊。所以，你是公司哪一个部门的?"

"我看起来像是负责什么工作? 你猜猜。"

"秘书?"

"不是。"

"市场部?"

"不是。"

"肯定不会是茶水部吧!"

"三次机会用完了。"雨说。

"什么时候说只有三次机会的?"B抗议。

"现在啊。"雨又展示了B无法抗拒的笑容，"没关系的，下次再猜吧! 我差不多要走了。"

"所以你会再找我?"B问。

雨举起手，做了一个bye bye状的挥手，说"会的"，然后推门走了。

B站在原地发呆，思考着他刚刚留意到雨左手无名指上的戒指。

之后的日子，雨都会在下班左右的时间来找B，有时在排酸库聊天，有时会要B在停车场陪她吸完一口烟。B都很乐意，只是一直忍住心里的疑问，"你已经结婚了吗"。对于二十八岁的B来说，新认识的女孩中，"已婚"并不是一种常态，而且就算对方有了男朋友，也不会是阻碍认识的事，而B一直以为，结了婚的人是有一种气息，可能不像气味般明显，但至少像无线电的磁场，只要留心，我们总会察觉。然而，雨的身上没有半点作为某君妻子的气息。雨没有说到这话题，B也没有问，如是者，他们每天见面十多分钟已经有两个月的日子。

公司的年度晚宴，在一间坐落在跨海大桥旁边的海景酒店举行。B在白领配蓝白直条纹的衬衫上，穿了海军蓝色的夏季西装外套。西装是新买的，上一次买的西装已经是七八年前为了毕业典礼而买的全黑色四纽扣西装。B拿着杂果宾治①和水果挞，在宴会厅中踱步，找看雨的身影，但直至晚宴开始，B还是没有看到雨。

B回到自己的所属的四十九号桌子，这桌子由排酸库与速递两个部门组成的，整张桌子都是男人，而B一个也不认识。上乳猪的时间到了，B的目光开始有系统地搜寻，客户部、会计部、秘书小姐们，一张桌子接着一张桌子，但都没有发现雨。原来我们的公司有这么多的员工，B心想。眼睛搜寻完这五十八张桌子以后，主台上刚好要开始一班年轻女同事准备的舞蹈表演。音乐响起，两个八拍以后，她们脱下的身上的OL服，露出了她们以泳衣与丝袜配高跟鞋的性感舞衣，全场的气氛都热起来了，大家都将目光聚焦在台上的爵士舞步，而B看了看后，只是想到：雨也不在她们当中。

B起身就走。他从来不会参加任何公司的社交活动，这一次来，只是以为雨一定会出席，而自己好想让雨看看自己不穿排酸库制服的模样，就像小时候学校便服日的心情，可惜雨根本没有来。当B走到音响控制面板旁的门口时，雨的声音却叫住了他。

"要走了吗？"雨问。

"对，有点要事。"B答，然后就后悔，那么不就是

---

① 混合果汁。

10009.211

真的要走了吗？

"性感的舞姿也留不住你吗？"雨又露出了她完美的笑容。

"只是有点赶时间。"B 无奈地继续说。

"那你先忙吧。"

"嗯。"B 说。

"嗯，到最后，你还没有猜到我在公司负责什么工作呢！"

"最后？"B 问。

"我今天最后一天上班。"雨说。

B 呆了，不懂反应。我应该问她拿联络方法吗？还是应该等她开口呢？然后口中竟然跑出了一句不能更客套的话："那么，我们就要有缘再见了。"

"有缘分遇上已经够难了。"雨说，然后将自己的手提电话递给了 B。B 将自己的号码，输入到雨的电话。

"我待会发地址给你。明天，中午时候来我家，我煮饭给你吃，不会是番茄蛋饭。你先去忙吧。"雨说，然后亲切地笑了笑。

那一天中午，B 第一次来到雨的家。原来雨的家，就在离公司三条街以外的角落，门牌 121 号。在一间卖肠粉烧卖鱼蛋的小食店旁，有一条窄窄的楼梯，走过了六层楼梯，就来到了雨的家。B一边爬梯级，一边想象雨与她的老公第一天来到这个家的情景。雨的家在顶层，可以从屋外的楼梯走到天台，屋内楼底很高，门口的旁边是一张双人床，床尾放了一张梳化①，前面是电视柜，而电视柜的左方就是厨房。整个房子都没有一张照片，B心想。

B坐在梳化上，能够斜角地看见在洗手盘前准备午餐的雨，雨的位置斜斜地背对着B，于是B终于可以避开了雨的视线，盯住雨看。雨穿着一件贴身的黑白横间T恤，黑色绵质短裙与袜裤。居然有这么好看的人，B看得入神地想。

"可以帮手拿出去了。"雨从厨房叫唤出来。

然后，B从厨房拿出了两碗餐蛋面。

"雨：明天Lunch？""B：好"，成为两人对话记录的重复出现的问答，近乎于一种仪式性的默契。雨很会说话，B又是很好的聆听者，于是两个人相处时，总是有丰富的话题。她喜欢谈汽车、啤酒、香烟，而且对于赛马与足球都好有认识，尤其足球，雨的认识绝对不至于只知道碧咸②有多帅，又或曾经转变了多少款发型，

---

① 香港译名，即沙发。
② 香港译名，即贝克·汉姆。

至少对于她的爱队曼联,雨的认知令 B 有点惊讶。有一次,她说到曼联拿三冠王那一届,杰斯[①]单人盘球绕过四五名敌方球员时,她说:"我喜欢足球还有一个原因的。告诉你一个秘密,我觉得男人穿上长长的球袜,好性感。"

不过,B 最喜欢听雨谈的话题,还是音乐,因为 B 对足球一窍不通,反而对音乐尚算略知一二。而且雨对于音乐的知识丰富到令人羡慕的地步,从 Howlin'Wolf 到 Ed Sheeran[②],雨都能够谈上半顿饭的时间。你有留意到那一个变调吗?我还是好奇这首歌的那一个男和音是谁呢?诸如此类的问题,雨都喜欢聊。B 想,为什么她会懂得这么多音乐的细节?难道她是读音乐的?

"我可算是音乐世家啊!我的爸爸妈妈都是表演音乐的,爸爸是乐手,妈妈负责唱歌。大概就是这样的家庭教育吧。"她说,"我小时候,可是会吹长笛的,还有一次有报纸来学校访问,我上午表演吹笛子,下午表演跳舞,于是剪报上就只有我一个穿体育服在乐团中,图片的感觉像拍我一个人,好突出的。那时候,爸爸妈妈还好骄傲地跟亲戚朋友传阅这张剪报。"

"可以想象到。"B 说,"而且女儿长得这么好看。"

[①] 香港译名,即吉格斯。
[②] 分别是美国布鲁斯大师嚎叫野狼、英国新生代歌手艾德·希兰。

"那当然。"雨笑说,"你呢?你也有什么表演天分吗?"

"我肯定是没有表演天分的,我一生最精彩的表演应该是幼儿园毕业时扮耶稣出世时旁边的一只羊。"

"我可以想象到。"雨说,又露齿地笑了。

"但我喜欢艺术。"B说,"行为艺术。或者概念艺术。其实我也分不清楚,总之我有好多意念想实践出来。我会有好多的想法,怪念头。有一次,我跟教我木工的老师说我的念头时,他说我应该是一个行为艺术家。"

"多多指教,艺术家。"

"多多指教。"

"所以你有做过什么作品吗?"雨问。

"没有。"B说,"但我有一个念头,一直都想实现。"

雨很亲切地笑了。"可以告诉我,那会是什么样的作品吗?"

"我会将我们小时候用那一种书包的肩带,拆下来,"B说,"装到银行大厦地下的外墙上,然后用力地背起整座摩天银行大厦,作品的题目,我也想好了,叫《年轻人,要努力》。"

雨静静听着,笑得很甜,说:"你知道狮子座总注定爱上你这类人吗?"

雨是两年前的秋天结婚的，如果结婚一定要有原因的话，雨结婚的原因是意外怀孕。没有求婚，没有计划，有了孩子又不想再堕胎，于是就结婚了。签结婚证书当日，雨与丈夫差一点迟到，因为丈夫要先读完刚在网上更新的漫画。"没有求婚，没有收过一束花，最后孩子也保不住。而我就这样嫁了。"雨说。

　　自从雨终于提到了她的家庭以后，两人的话题开始环绕雨的婚姻生活。原来，雨的丈夫在地盘①工作，早出晚归。他不赌不酒，但喜欢车，有一班一齐赛车改车的朋友，钱都花在车上。有一次，雨收到奇怪号码的来电，才知道丈夫与自己联名借了十万元，于是雨便找工作，然后遇上了B。

　　"对啊，还没有猜到你在哪个部门工作呢。"B说。

　　"还重要吗？都走了。"雨笑说。

　　"也是。"

　　"但至少遇上了你啊。"

　　"可惜有点迟。"

　　"没有什么迟或早的。"雨说，"太早的我，也不是你认识的我。迟了，不也刚好遇上了吗？"

　　"所以你想过离婚吗？"B鼓起勇气问。

---

① 粤语，指工地。

"我为什么要离婚啊?"雨说。

"因为他对你不好啊。"

"没有啊。"雨说,然后收起了刚吃完面的碗筷,"他对我很好,所有人知道他对我很好,一切都是我的选择。我要所有人都知道我是幸福的,我有一个会负责任、爱护我的男人。"

"就算他要你堕胎?"

"那也是我的选择。"

"所以,你们现在做爱,安全吗?"

"不安全。"

"为什么?"

"没有为什么。因为他不喜欢。"雨说,"而且他随时都想要。"

那一次对话以后,B有两个星期没有跟雨联络,当然也没有再到雨的家午饭。再见面时,已经是秋天的季节,B约了雨在一家米线店晚饭,傍晚六点左右的晚餐,那是B最喜欢的米线店,B想最后一次证实,究竟雨会否令他想呕吐。

"我最近越来越想认真地当一名艺术家。"B说。

"是吗?为什么呢?"

"不肯定。"B说,"但遇上你以后,我便不断有新的想法，多得很逼切，好像要我立刻辞工，去做艺术一般。"

"我想我明白这种感受。"

"是吗？"

"就像是身体直接想要你完成一件事情，不经大脑，不经思考一般。"

"我也不知道。"

"没关系。"雨说，"总之都是因为我才有这样多点子的。"

B点点头。

"如果你哪一天有展览，一定要叫我去，而且要鸣谢我啊！"

"一定。"

雨喝了一口冰奶茶。然后两人沉默了一会儿。

"我最近有一个新的想法。"B像喃喃自语似的说，"你读过《圣经》吗？"

"没有。"雨说。

"我告诉你。"B说，"有一章是写巴比伦王的，说他因为自大，所以上帝便惩罚他，要他成为一头牛，离开人群，在田间吃草为生。"

"因为他自大？"雨说。

"对。牧师会这样说。"B继续说，"但之后一位精神分析师,认为这个国王是患了精神病,以为自己是一头牛。"

"为什么呢?"

"都是什么意识与潜意识的事情,我不太懂。但我觉得好有趣的是,若果自大的我赐予我自己去当一头牛,那么这叫选择,还是惩罚,又还是不过一场游戏呢?"

"好深啊,艺术家!"雨笑了。

"对。"B看着雨的笑。

《但以理书》四章,二十八至三十三节:"这事都临到尼布甲尼撒王。过了十二个月,他游行在巴比伦王宫里。他说:'这大巴比伦不是我用大能大力建为京都,要显我威严的荣耀吗?'这话在王口中尚未说完,有声音从天降下,说:'尼布甲尼撒王啊,有话对你说,你的国位离开你了。你必被赶出离开世人,与野地的兽同居,吃草如牛,且要经过七期。等你知道至高者在人的国中掌权,要将国赐予谁就赐予谁。'当时这话就应验在尼布甲尼撒的身上,他被赶出离开世人,吃草如牛,身被天露滴湿,头发长长,好像鹰毛,指甲长长,如同鸟爪。"做牛,比做人快乐吗?

与雨见面后的一星期，B 几乎都没有出门，一直在书桌前将《牛人计划》的想法写清楚下来。公司那一边到了 B 无故缺席第三天，已经再没有打电话给 B，而 B 则顺着当天与雨讨论的内容，一步一步地将人造牛的步骤写下来，又加上了时间表、日程、菜单、地图、预算表、纪录方法、艺术家自述，以及自己的裸体照三张，正面、背面与一张四脚向地背向天的，写成了一份创作计划。

计划书写完以后，B 立刻打电话给雨。她应该会想知道这个完整版本的，B 心想。而且 B 知道，没有雨的话，他根本不会认真地想当一个艺术家，他觉得有责任要将所有事情都告诉雨，总之他很想听到雨的声音。但电话的另一端却没有人接听，线路响起了一段时间后，转到了录音："你现在已接驳到六－七－一－六……" B 试着重新打过好几次，但结果都一样，没人接听。

B 没有留言，雨也没有回电。我应该到她家找她吗？但她不可能没有留意到未接来电的，B 想。B 没有不断地打电话给雨，只在中午与傍晚按这串熟悉的号码，就这样又经过了一个月，B 还是没有联络上雨，但电话线路是通的。所以，雨应该没有出什么问题，或许她只是不想再跟他联络，B 想。从一天两次拨号，到一个月一次。夏季来临了，B 的计划书得到了一间本地艺廊的正面回复。或许,如果我能够将《牛人计划》四处发表的话,雨还是会在某些渠道留意到我吧?于是,B将《牛人计划》的计划书,寄到世界各地的大小艺廊。

雨消失了的感觉,比 B 可以想象到的更强烈、更复杂,是痛,但也算是一种痛快。"雨终究不会放弃他,甚至没有说爱我,一切不过是我一厢情愿的幻想,自作自受的纠缠,完全断了,是好事。"B 有时会这样安慰自己。但,痛快,往往盖不住痛。"我可以不贪心的,我可以等的,我可以旁观,为什么非要断绝呢?"B 有时又会这样想。这些翻来覆去的想法,总是一日之内有两三次的突袭,B 从无力反抗的经验中,学会了与呕吐感一起生活,大不了就逃到牛人的角色里去,慢慢 B 也分不清楚自己什么时候是人,什么时候是牛人。他从只会反胃,到学会反刍。

B 再度遇到雨,是在深秋的一个下午。事实上,也不算是 B 遇到雨,而是 B,在他于首尔的临时工作室的案前,无意间在网络上看到了雨的一段片子——雨在跳舞。

已经三年了,B 以为自己已经放下了雨,想不到一见到雨的身影,看到雨从台的左侧步入台中的灯光下,

B就不由自主地震颤，就像身体在快要发一场高烧前的那一刹那的强烈震颤。雨在舞台上随着音乐摆动身体，一静一动，都打进了B的心中，B忍着想跳出来的眼泪与反呕，看毕了雨的表演。表演之后，有一段小访问。

"为什么你会引入这一种新的爵士舞步呢？"主持人问。

"又没有什么为什么的，就是碰巧学到了，好喜欢，回来后就想教其他人，一齐跳。"雨露齿地笑说。

"是啊，那为什么这么喜欢呢？"

"因为性感吧。"雨又笑了笑，"我从来不认为自己性感，但从某个时候开始，我突然发现了原来有人会留意到我的性感，从前我跳的、教的舞步都是蛮有力度的，但自那时开始，我想寻找一种让人更性感的舞蹈。"

"你说的'某个时候'就是三年前，你放弃了家庭，然后自己到纽约学舞吗？"

"对，是那时候左右的事。"雨说，"但说不上放弃，因为在那一个家庭，我不拥有什么。我只是离婚，然后去做我想做的事，就是学跳舞，再正式当一名排舞老师。"

"但不好意思地问，快三十岁时才放弃一切，重拾婚前的事业，真的不迟吗？"主持人问。

之后的对答，都是再俗不可耐的青春、希望、励志电影对白套路，而到最后，片段还弹出了舞蹈学校的预约电话广告，那就是雨现在工作的舞蹈学校。

"原来。"B想，"原来，雨就是年度大会表演的排舞师，为什么我那时会猜不到的呢?"三年了，为什么一刹那，所有感觉都回来了呢？究竟我放不下了什么，又执着什么？她不是很好吗？终于可以做她想做的事了，难道我在妒忌别人欣赏她的目光吗？我根本由始至终都没有拥有她，我又凭什么妒忌呢？

一个接一个的问题，就像希腊神话里的英雄在故事尾声斩杀一个接一个的魔怪。这三年间，B在世界各地认真地扮演一头牛，却始终没办法真的成为一头牛，他再努力吃草、伏地而睡、反刍进食，通通都只是表演，直至这时候，终于，就一刹那，他真的成了一头牛，没有我们以为会因转变而来的些微情感变化，只是一刹那，B真的成了一头牛，就此而已。

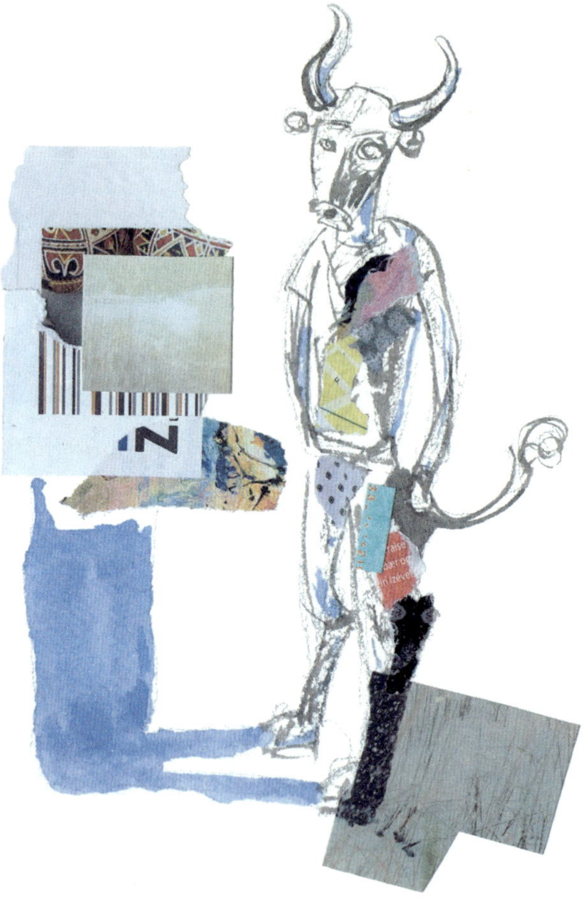

他们以后在夜里团聚

　　I 的太太,在她廿五岁的那一年,因为感冒死了。

　　如果并不是在这个城市染上感冒,她是不会死掉的。所以,也可以说,真正杀死她的是这个城市,一个刚好在传染感冒的城市。她是被这个有感冒的城市害死的。至少,在她临死前,她还是这样认为。她在这个城市出嫁,在这个城市染病,后来才回到了自己出世和长大的首都医治,最后,在那里因医治无效而死。法医官的报告说,她是因为感冒引起的心肌炎,以致急性严重心律失常、心脏衰竭至心源性休克死亡。

　　于是,I 总是跟人说:"我的太太因为感冒而过世。"

　　I 接到从太太家乡打过来的电话通知时,在语言不通、只能听懂大半意思的情况下,知道自己太太过身的消息。那时候,他正在打扫房间,跪坐在冰冷的仿云石花纹塑料地板上,脑袋一片空白。他坐在地板上,放置

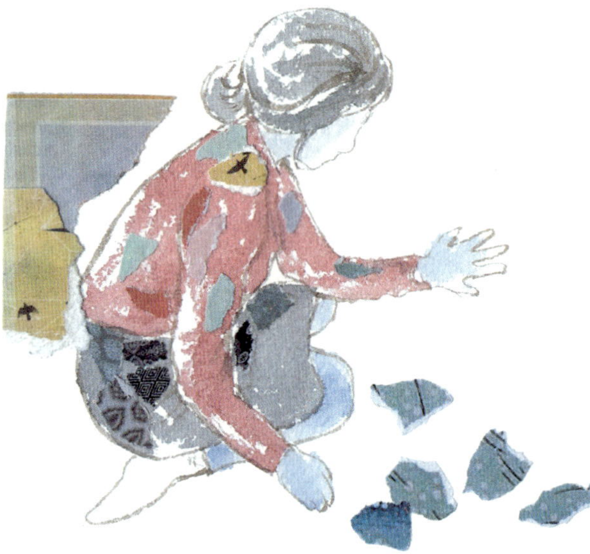

在客厅中间的雪柜正发出轰隆轰隆的嘈吵声音。

从小，I就好喜欢感冒，因为感冒时就有了借口不顾一切地躲在被窝中读书、听收音机、发一场噩梦（发烧中的梦，总是噩梦；其实，那些还相信身心二元论的人，肯定没有试过发烧中发噩梦。I总是这样想），然后醒过来时发觉自己出了一身轻松的汗。太太死于让人喜欢的感冒，I想。

当I收到太太过身的消息后，他便回到学校的办公室，在廉航的网页上订购了一张靠走廊座位的来回机票，也在网上查了查："感冒会死人吗？"根据世界卫生组织的数据，每年的流行性感冒季节，全球约有至少三百万名重症患者，当中可以造成五十万宗死亡个案。

在往机场的巴士车程上，I发了一个梦，梦见一个女人长出了许多只手，骑在一个俯卧的男人背上，然后女人的背上又长出了比她的手更多的武器、宝剑、弓箭、闪电、三叉戟、斧头，还有眉笔。哗啦哗啦，大雨拍打巴士车窗，吵醒了I，他透过雨水流下窗子的折射，望向远处的天与海，灰蓝色的。在这个拥挤的城市，坐一程长途车到机场，如果不赶时间又不焦躁的话，本身就是一次旅行。I继续看着车窗流下的灰蓝色雨水，想起太太最喜欢与自己在这种天气躲到被窝中做爱。每次遇到这样的天气，太太就会拍下一张窗前的天空照，传到社交网站，这是他们的暗号，I见到这暗号便知道要赶快做好手头上的事，回家跟太太做爱。

到了机场，I托运了他十二公斤的行李，然后到了离境大堂，吃过早餐，便飞往太太出生成长的首都。到达首都机场时，I竟然才想起自己没有预先通知太太的家人，I当时只是说了一句："我会尽快过来"，也不知道对方有没有真的听懂，也不知道对方其实是谁。I也忘了对方响应了什么，就这样，他独个儿回到了首都。感觉有点虚幻。

还记得第一次来到这城市，I第一次跟太太的家人见面，在一家菜肴精致得不会吃得饱的中餐厅，I跟那时还是未婚妻的太太，以及她的爸爸，吃了一顿酒菜上个不停的饭。那一顿饭的紧张，比I硕士答辩时所经历的还要厉害，至少答辩时I还算听得懂各位教授的问题，情况最糟不过是不懂作答，但跟太太的家人见面，却是既听不明白，又不知道答什么。到了首都，I在机场上了一辆有浓浓汽油味的旧的士，到了酒店check-in[①]，然

---

① 登记入住。

后便往二一一医院去了。

　　I 好熟悉二一一医院。因为 I 太太的婆婆曾经入住这间医院一段时间，那时候，I 与太太天天都要来这里探病。这是一所军方医院，I 太太的婆婆年轻时是二炮部队成员。从小，I 的太太，就跟婆婆在大院里长大，整个小区都是部队家属，儿时朋友（他们称"发小"）都是军官的子女儿孙，他们住在军队安排的居所，接受军队提供的日常用品，有牛奶、白米、酒水，还有节日时特选的红枣，而生病时，他们就入住军方的医院，看他们的医生、吃他们的药。"你的家景真厉害！"I 在第一次跟他太太约会时说。"没什么。在首都，大家的家里人，不是空军，就是陆军。总有人在军队里，至少也是曾经在军队里的，然后去跑去管火车、管水、管电的。"I 回忆起太太说的。

　　头发银白但眉毛黑漆旺盛的管理员，带 I 到达了停尸间。管理员让 I 确认因心源性休克死亡而过身的太太的尸体。那一头美丽柔顺的长发，端正的高鼻子下紧闭的薄唇，以及长下巴，毫无疑问，这是 I 的太太。I 没有看见过太太这样的模样，因为她睡着时，总是张开嘴巴的，不时还会磨牙。

管理员带 I 到了另一间房间，处理有关太太死因与遗体处理的文件。I 在这些文件上签名，然后一份不安感自心底浮现，他想：为什么是我负责签名呢？为什么她的尸体还在这里？她的家人呢？

"你打算怎样处理你老婆的尸体？"管理员说。

"我可以有什么选择？" I 问。

"你们应该有自己家的墓园吧！"

"不知道。" I 说。然后是一个又一个的"不知道"。最后 I 说："还是火葬吧！"一只苍蝇刚巧伏在太太的死亡文件上。I 记起太太说过，她怕土葬，她害怕虫子嚼食她的身体，她怕冷，更害怕潮湿。一直希望自己是法国人（更希望是巴黎人）的太太说，她宁愿像圣女贞德一般在年轻时在火中离开这个世界，也不要埋在土里腐烂。那时，I 与太太一起读着《卖火柴的女孩》的绘本，当时 I 还跟太太说笑："而你不知道，法国人相信人死后会变苍蝇吗？"

I 在一堆文件上签了名，拿着文件到医院的地下收费处付钱，医院收取了 I 额外的罚款，因为太太的尸体逾时留在医院。付了款，I 带着文件回到停尸间旁的办公室，交给管理员。

"你的普通话说得不标准，但居然有这里的腔调。"

另一位负责处理文件的管理员说。她是一位年轻的管理员。

"我的普通话都是跟我太太生活时学来的,我上学的时代,没有机会学习普通话。"I说。

"怪不得。"女管理员说,"你伤心吗?"她一边整理着其他死者放在医院的遗物,一边随口说。

"不知道。"I答道,"我是应该好伤心的。"

"你们生活得不愉快吗?"她问。

"她觉得不愉快,所以跑回来了。"I回答。

"那你觉得呢?"

"因为她不愉快,所以我也不可能愉快。"I说,然后在那份"家人代理病人对象列表"上签字。

"我们每天都要见到很多死者家属,不知道你是否其中的一分子,但是真的有很多人,很多人,他们知道自己的家人过世后,很努力地要令自己伤心。"

"他们只是反应不过来吧!"I像为自己辩护一般说。

"也可能。"她说,"但至少,有些人真的不太像。"

"不知道。"I说,"或许,我们真的太少想到死亡,生存已经够我们忙了。所以到这些时刻真的来到,便感觉很陌生,很迟钝。"

"但至少你还有心情跟我谈这些。"她说,"死亡对于我,不过是一堆待签的文件。"

女管理员像演舞台剧一般深深地叹了一口气。"不要强迫自己伤心了。如果闲时想找个人聊天,喝个什么的话,可以找我。"她将一张写了电话号码的字条,连同处理妥当的文件递了给 I。

火葬仪式在首都进行。仪式结束,整个过程只有 I 在场,他始终没能够找到太太任何的一个亲人,仿佛在挂断那一通从首都打到家的电话后,太太与她的家庭,一夜之间消失了。"究竟,她真的存在过吗?" I 领到装着太太骨灰的小铝罐后,便回到他们在首都的住所,这是他们的第一个家。

这个房子,在一个位于"前海"的大型商场的南面。在首都,人望不见海,于是湖都叫作海,人在路上不分内外左右,只说东南西北。这个位于城西的房子,是太太买的,买的时候是为了让 I 安顿在这个城市,好好做他的报道、写他的文章。I 与太太在读硕士班时认识,那时候,他们都在 I 的城市念书。I 读新闻与传播,而她读中文系,他们在一堂自选课"现代文学研习"中认识,老师安排了他们同一组报告。一个学期后,他们都毕业了,她要回到首都,而 I 就暗暗找机会,想跟她重聚。终于,I 真的找到了一份工作,为一间网媒做驻首都特约作者。有了这借口,I 马上联络上她:"我最近得了一份在首都的工作，不知道你是否可以帮我打听住屋的事情呢？"没问题，她答了，就挂了电话。三天后，她传了房子的照片给I，又打了一记电话，问："这个可以吗？房子小小，但挺舒服的，也在城里，交通方便。""很好。"I说。然后，I就买了机票、收拾、出发，搬了来首都，住进了这一个房子。

那时候，她还给I买了一辆代步的车，但当I来到时，她才知道，I原来没有驾驶执照，这事困扰了她一个星期，她没有办法理解一个成年人怎么可以没有驾驶执照。而她特意为I而买车、买房子的事，都是到后来，他们要离开这个首都时，I才知道的。

I把车停在房子地下的停车场。"房子在六楼，顶层的、小小的loft studio[①]，六十多平方米的正长方形格局，木地板配白色墙，工业风的家具装潢，而房子朝东的一边是六十度角向室内倾斜的落地窗，配以黑色窗框与混凝土横梁，另外三方边是红砖墙，开放式厨房，白色皮沙发置在房子正中央，床靠着房子最深的一面墙，床头向窗，那么早上阳光便可以叫醒你了。"I坐在熄了引擎的车中发呆，想起太太第一天来这里，跟他介绍这房子

---

① 层高较高，且少有内墙隔断的开敞户型。

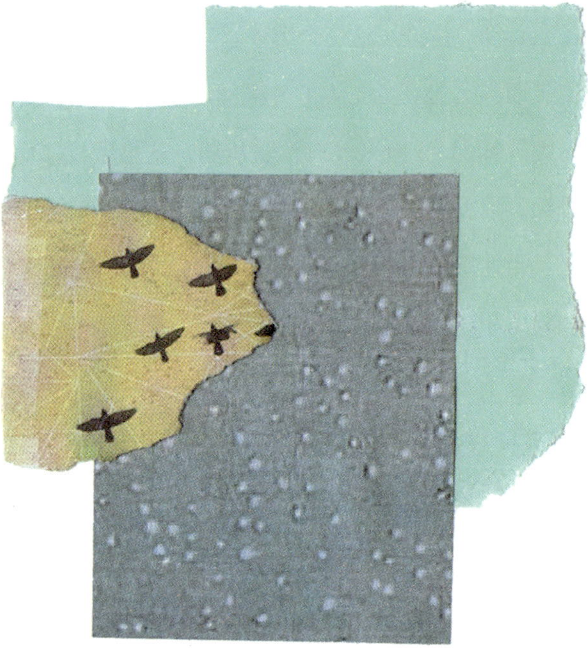

时的情景。

I带着装有太太骨灰的小铝罐，回到了这个房子。I将小铝罐，放在书桌上，然后回到了他最喜欢这房子的部分，就是窗外的阳台。I坐在白天被阳光晒到干裂的木椅上看着星空，漫无目的看着搞不清楚什么星座的星空，没有办法好好思考，只是一粒星追着另一粒星地看，看当中的闪烁，又不禁想起他跟太太在这房子的很多片段。

那是一个夏天的晚上，I第一次来到这个陌生而宏大的首都，她从机场接过了他，带他到了一间西餐厅晚饭，然后他们到了这个房子。他们坐到窗外的阳台乘凉，吃着她准备了的西瓜，好多黑色果核的西瓜，一边吃一边吐核，那时的I看在热风中的她，觉得一切都很美好。I和她，终于在圣诞节的时候正式一起了，她搬进了这房子，然后在这里，一起住上了半年的时间。后来，I工作的网站停业（又叫转型），成为一个网上交友的网站，不再做传播与文化信息的内容。I失业，而她也或多或少因此而与家人，尤其她的父亲闹翻了。最后，I与太太决定搬回他们相识的城市。

回到自己的城市，I跟太太求婚。一个月后，他们便注册结婚。I让太太先在首都多住三个月，打算自己先回去打点好住的地方。在自己的城市，I一直都与父母与妹妹同住。对于 I 当年突如其来的出走,然后又突如其来地回来,I 的家人都没有太大的反应,反正 I 从小到大就是一个外表循规蹈矩,内里任性非常的小孩。这事,I 的妈妈最清楚不过,而每一次当他要任性时,妈妈总站在 I 与父亲的中间左右说项,让两边都找到台阶下,当年本科不读土木工程而读新闻及传播时如此,今天突然出走后说已经结了婚回来亦然。

  I 怕太太住不惯狭小的地方,但又缺钱,而且这是他第一次自己找房子,毫无经验,不知从何入手,于是找了妈妈的街坊朋友帮忙,这个做地产代理的阿姨找到了一间五百呎左右的单位,月租五千元(当时大学生毕业的平均入职薪金为一万一千元)。以这价钱,在这城市,能够找到一间这大小的单位,代价就是这个单位本身的素质。这个单位是唐七楼,一个正在等待收购的旧房子,一梯八伙的五六户已经迁出,大门与铁闸都上了一串一串的锁,梯间走廊有洗不走的异味,楼下是粉面档与食肆,打开窗户就会有一阵浓烈得叫人咳嗽的油烟味。楼房与楼房户户紧贴,白天不拉上窗帘像橱窗,晚上拉上窗帘像影画戏。这旧房子,坐落在更多高高低低的旧房子之中,置身其中,却又让 I 想起 M.C.Escher[①] 的画作。

[①] 埃舍尔,荷兰版画家,因其独特的空间错觉画而知名。

"这个客厅没有窗户的,好有趣。"太太笑说,这是她到了这个家的第一句评语。

"但房东提供了梳化,还有床呢!" I 答道。

"这个房子好丑。"

"是有点臭。"

"对,好丑。但不打紧,"太太说,"我们一起就会很好。我们一起弄好它,弄得漂漂亮亮的。"

第二天,他们到了布街买了一些纱网,又到了廉价家品店,买了几个塑料柜,买了一个花瓶,还有一束杂花,当中最贵的就是那一个花瓶。回到家,他们将家具重新地移位,搬了一次,不满意,又搬了一次。太太将纱网贴在那用灰白色瓷砖铺成的客厅最大的一面墙,房东不许在墙上钻洞,所以他们也乖乖的只好用贴的方法。

"究竟,为什么会有人用瓷砖铺客厅的墙呢?像停尸间一样。" I 一边站在木椅子上贴纱网,一边说着。

"哈哈,奇怪吗?"太太在细心地拆掉包着花瓶的报纸。

"不奇怪吗?"

"有人愿意住停尸间,不更奇怪吗?"太太笑说。

后来,他们终于明白,这一面墙之所以要铺上瓷砖,是因这面墙靠着天井,客厅照不到阳光,于是春

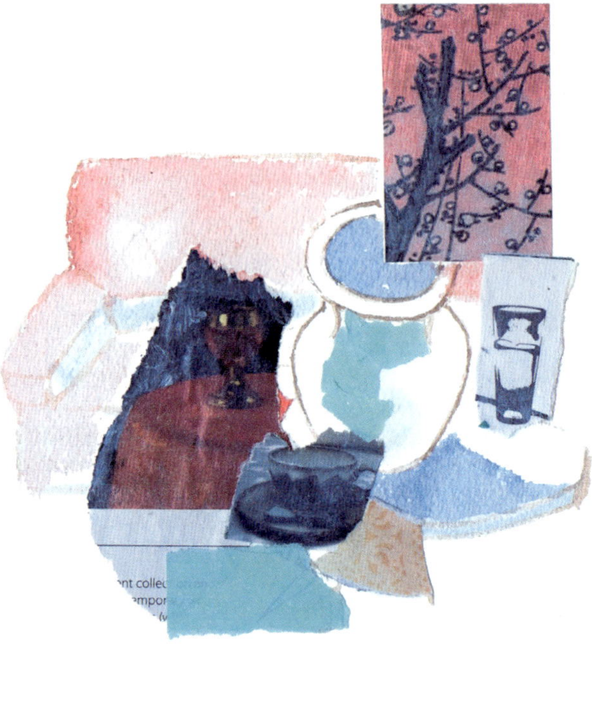

天一到，整面墙都湿得流出水滴，如果这只是一面油漆墙，会生满霉斑，黑黑灰灰绿绿，那就不会像停尸间了。

从冬天开始，I与太太一起住过了难熬的春天，然后到了更难熬的夏天。I在毕业的学系，找到了一份助教的兼职，然后又找了几份数据搜集的工作，东凑西拼，总算勉强足够他们两口子糊口。太太有尝试找工作，但始终语言不通，努力了两个月就没有下文，反而是她的前男友知道她生活艰苦，间中给她传了一些可以遥距进行的编辑工作。太太也试过学做饭，买了不同菜色的烹饪书、一大堆佐料、工具，但煮了两顿饭后，发现厨房实在太小，不方便，于是他们决定不在家做饭了。每天傍晚，I就会在附近的快餐店买外卖回家，太太因为受不了走七层楼梯的吃力与汗流，所以甚少外出，除非约了仅有的朋友聚会、下午茶。

"我想回爸爸那里住一两个星期。你说好吗？"太太一边开饭，一边问。

"要回去吗？"I说。

"不是说要回去。"太太忽然像动了气一般，"我只是觉得这里真的好湿好热，我想回一回去，看看我爸，行吗？"

"可以啊。"I打开了他喜欢的咕噜肉。

"你别发脾气!"

"我没有啊!"

"我说了,我就是回去一阵子嘛。过了夏天就回来,有什么的?"

"没什么的。"I还是平静地答道。

"这里天气不好,我的膝盖这几天都在痛,晚上也睡不了,你却睡得像猪一样。"

"你为什么睡不好?"I问。

"脚痛啊,皮肤也痒。"太太说,"我觉得我湿毒。而且这里,野猫每天晚上都在叫啊!"

"还在叫吗?它们不都是春天才叫的吗?"I说。

"才不是!跟你一样,天天要。"

"那不错喔。"I笑了笑,"你打算什么时候回去呢?"

"我买了下星期五的飞机票。"

"你有钱吗?"

"爸付了。"

"好的,那一天我送你啊,我们家对面就有巴士到机场。"

太太回去首都后,I放了更多的时间在工作上,而工作的事,往往是你越努力,机会就越多,然后就更

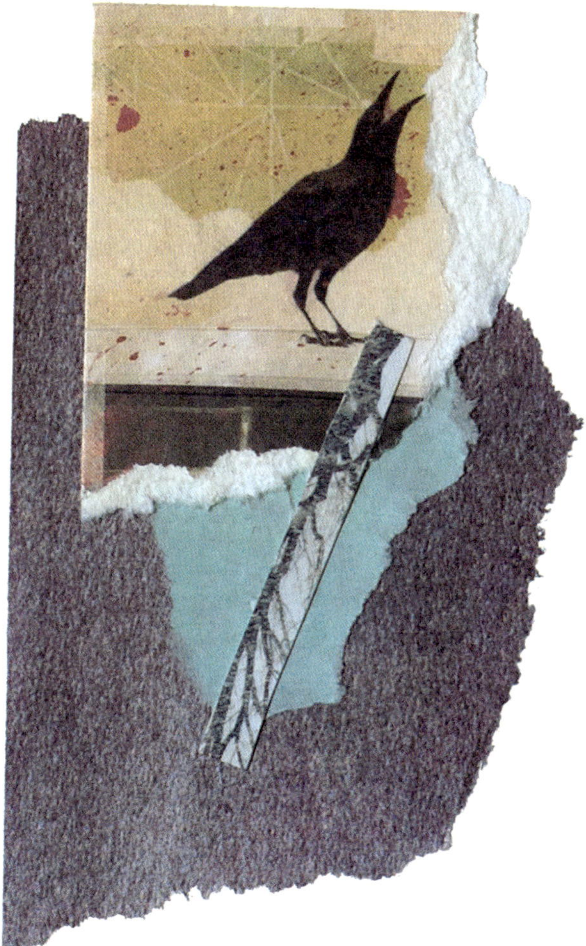

忙，因此又有更多工作。好奇怪的逻辑。I在办公室工作至深夜中央空调关掉才回家，回到家后，在等待电热水炉烧水的二十分钟，I会跟太太视频，或通电话，如果刚好遇上太太那一晚要外出玩乐，他们就会短讯交代几句（太太喜欢喝酒，也喜欢KTV，更喜欢在夜店跳舞，以及种种夜生活。I与太太第一次做爱，也是跟她去过酒吧之后的夜里）。太太在首都的这一段日子，他们通话少了，吵架也少了，I与太太好像又找回了初认识时的感觉，也不会再为琐事而闹翻："为什么这里的路总是凹凸不平的？""为什么你们的新闻总是吵吵闹闹的？""为什么宫保鸡丁的味道会是这样的呢？"这些，他们都不再提到了。

　　一个人的晚上时间，I用来阅读，阅读他之前买下来的一大堆简体字书。那时在首都，因为便宜，而且网购方便，I买了一堆书而都没有看，最后船运回来的钱，或许比英文原版更贵。太太回去了的一个多月，I读完了一本《达·芬奇的奇妙世界》，共四百多页的长篇小说，讲述一个在农村出生，叫"达·芬奇"的小孩，发现自己的成长，如何与文艺复兴巨匠达·芬奇的名画环环紧扣，以及一切"巧合"背后的原因和阴谋。而在阅读的晚上，I终于听到了猫儿的叫春声。

炎夏总算过去，太太从首都回来，还带来了很多礼物，而且总算要"正式"第一次与 I 的父母见面。所谓"正式"，就是在回去之前的日子，太太与母亲已经有几次"非正式"的碰面，毕竟两家住在同一区里，总有机会在街上碰面。太太第一次与 I 的母亲碰面，就在他们注册结婚后回家的路上。

"嗯，这么巧？这就是你朋友吗？"母亲说。

"伯母，你好。"旁边的太太说。

"真乖。"母亲说，右手提着的黄花鱼正在白色塑料袋里激烈地挣扎，"你们穿这样漂亮约会啊！"

"我们刚结婚回来啊。"I 说。

"你们有算过今天是好日子吗？"母亲问。

那次"非正式"碰面后的数日里，太太都嚷着要见 I 的父母，但当时 I 正在跟父亲因为过节应否去吃盘菜一事冷战之中，见面的事就此搁着，后来太太就回去首都了。于是，这一次太太回来，"探访爸爸妈妈"成了首要任务。I 终于约了一个寻常的周末晚上，一家人在父母家晚饭，有 I 的父母、I 与太太，还有 I 的妹妹。

为了爱屋及乌，也为了不丢了南方人的脸，母亲准备了一顿丰富的晚餐：咸菜煮鱼春、姜葱炒蟹、清蒸濑尿虾、白切鸡、蒜蓉炒芥蓝。几乎所有文化战争，都是在餐桌开始的。一方煞有介事地准备了各式各样的特色菜肴，另一方又因为这些特色的与别不同，而更加不懂欣赏，一旦交恶，一方觉得对方不赏脸，对方又觉得你存心刁难，"谁会懂得吃这只会濑尿的史前甲壳类生物呢？"

I没有办法处理这桌上的种种矛盾，他甚至没有想过要处理。太太的出现，激活了父亲的自卑，父亲拒绝接受来自北方的任何礼物，无论是钱包，还是茶叶，还会生气地说："要送，就送我一辆车好了。"而他不知道那些茶叶，确实足够草草地买一辆便宜的一手日本车。太太不知就里，只单纯而确实地感受到I的父母都不喜欢自己，无论这感受是否就是事实，他们也真的没有叫过她一次"媳妇"。这些太太所承受的，I都有预想到，他却想不到太太委屈的爆发点，竟然是妹妹。

不知道是否因为紧张，还是很久没有如此大鱼大肉，I的肠胃又痛起来了。从小，I的肠胃都不太好，无论是考试前后、约会前后，还是因为迟了半小时吃午餐，又甚至于只是因早上喝了一杯牛奶，I的肠胃都会痛，有时胃气胀，有时上吐下泻，而每次肠胃痛，I都要服用一种泰国买来的口服药。说是"口服药"，是因为这种药的服用方法很烦人，服用者要先喝一口水但不能吞下，再以随药配上的小匙，将药粉倒入口中，待药粉于口中跟温水溶合，才一并吞下。究竟这口服方法是否正确，一直以来都是I两兄妹的疑问，药盒上写的都是泰文，而他们也只好相信母亲从小教导的做法。妹妹是第一个发现I的异样："哥，你又胃痛吗？"然后，妹妹便自动自觉到厨房拿药跟温水给哥哥喂药了。

在回家路上，I固然感觉到不对调的气氛，却又不知道哪里才是关键。

"你怎能够这样？"一直沉默的太太终于开声说。

"我怎能够怎么样呢？"I说。

"你还发我脾气！"

"我哪有？"I的右手抓着自己的右耳垂。在他生气时，I总下意识地拨弄自己的耳垂，"我问，我怎能够怎么样呢？"

"没事了。"太太说。

回到家，I与太太分别坐在客厅的一角，I坐在饭桌旁，太太坐在沙发。雪柜继续轰隆隆、轰隆隆。

"你怎能够这样对我？"太太说。

"我究竟怎么对你呢？"

"你怎么能够跟妹妹这么亲密？"

"怎样亲密了呢？"

"我病了，你也没有喂药到我口里。"太太说。

这一个晚上，他们再没有对话。第二天早晨，I像平常那样起床，太太已经不在床上，也不在家中。太太就这样离开了这个家，留下了字条："我回老家。我们要冷静一下。不要找我，我会找你的。"放下了字条，I便去梳洗，在漱口杯中拿出了太太的牙刷放到一旁，然后刷牙洗面，上班去了。

太太再次回到首都的两个星期，I多了三份工作的邀请：新学期在传理学院当两个科目的助教、帮一本关于蛇的宗教意义的书做校对，还有为一个网媒当专栏作家，栏目名字叫"草与城"，每星期一篇，访问在旧区中生活的人物。后来，这个栏目维持了两年，反应不过不失，至少I乐在其中，访问了报摊老板、送外卖的热裤女孩、足球场边永远轮不到落场的初中孩童、在公园中的老伯、在街市中卖鱼的、卖干货的，还有卖葛菜水的阿姨、打冷店不用服务客人的收银员、牛杂粉面店呼喝客人的大叔、卖镜与框的老伯伯，等等等等。在太太离开了的这两个星期，I多了这三份工作，每一份都触及I心底的兴趣，三份工作都是他喜欢的，而且收入不俗。I感觉，一切都开始变得顺利。那一天，I跟传理学院的教授喝完咖啡后，买了外卖两馈饭跟一磅樱桃回家，饭后I放了一张艾慕杜华《Kika》的复刻蓝光盘，一边看一边打扫家里，然后收到那一通告知太太死讯的电话，对方说，太太回到首都就一直病，病不好，最后死了。

火葬仪式后，I回到在首都的家。I没有洗澡就睡了。睡醒，就是另一朝早上，I带着没有打开过的行李箱，以及太太的骨灰，到达机场，搭了中午班机，延迟起飞七个多小时后，回到了自己的城市。

回到了自己的城市，是晚上十时。出了海关，I急着需要一杯咖啡。他到了机场入境大堂的美式咖啡店，叫了特大杯的 Chai Tea Latte[①]，然后找了一张靠墙空着的三人用小圆桌坐下。不久，在点单时排在I后面的妇人，端着一盘咖啡与食物，步履蹒跚地走到I的桌前。妇人看起来七八十岁，穿着一身端庄的灰色套装裙，脸上化了一个淡淡的妆。

妇人走到桌前，停下了脚步，然后向I微笑说："奴书星嗯哥奴多，约士爹约乌？"

I没有听懂妇人的话，但条件反射式答道："Please。"

妇人坐下了，说："娜打毛嗯哥其箍？"

"Sorry。"I挥动着手说。

[①] 印度茶拿铁。

妇人报以微笑地说："书星嗯哗打士呀娜打奴箍妮奴高轲卡侬爹侬星嗯。"

"那边有 information desk[①]。"I 知道妇人听不懂他说什么，自己也说起母语来，手指往门外的右边指了一指。

妇人随着手指的方向望了一望，又微笑地对着 I，点了点头，说："大照乌呢。奴哥名侬，士李士妈书。"说毕，又笑了一笑。

I 点了点头，心想：难道这个人每次说话的前后，都要露出一个微笑吗？

I 与妇人都再没有说话，妇人开始吃她的菠菜蘑菇农夫包，I 继续喝那声称带有异国味道的热饮。十多分钟后，妇人忽然将盘中的一份草莓挞递给 I 说："打士玲嗯沙侬打啦，奴色多脾露哥度爹妈。其宜娜呢巴，哥爹渣多呀打他的约？"

I 看看妇人手中的馅饼，又看看妇人，看到妇人浅棕色的瞳孔，就像太太喜欢的隐形眼镜颜色。

"呀打呀妈睥奴加啦夷书加？"妇人又说。

"其实，我也不知道我喜不喜欢。"I 说。

"哗士奴门高呀妈夷磨奴偈夷呢。"妇人收起了小蛋

---

① 服务台。

糕，放到手袋，"呀磨士卡喱妈打依爹依啦，卡喱呀娜打拖娜靓突呢。"

"所以，你是第一次来吗？"

"依依欷他他必突士呢。"妇人答道，"星卡衣士奴门高哥他。拖之喱沙夷。"

I见到妇人红了眼睛。

"这个城市，真的有什么值得你再次回来吗？"I说。

"啦夷呢。士加士士爹妈士约乌。"说罢，妇人提起了手袋，离开了咖啡店。

那天之后，I开始失眠。

失眠第一个星期。这是I人生第一次失眠，只要I躺上床，他就想起太太，想起在首都的快乐与吵闹，辗转反侧，没法进睡。I尝试那传说中最原始的入眠方法：数绵羊。从"一"开始数，I一边数，一边幻想它们在跳围栏。"一只绵羊、二只绵羊、三只绵羊……七十六、七十七、七十八、七十九、八十……我算了七十九吗？七十八、七十九……"经过数小时的数绵羊练习，绵羊都变得极度烦躁，然后I又会口干，想起身喝水，于是又爬落床，又爬上床，又去洗手间，更无法进睡。

I又试过不数绵羊而起身做运动，做得一身大汗，只好洗澡，然后，更清醒；动的不行，又试试静的。I开始在夜里看书，终于，I将大学时间追经典风而买下又没有触碰过的书翻阅了一遍，有三岛由纪夫的《春雪》、乔伊斯的《都柏林人》、白先勇的《纽约客》。

到了失眠第廿四天，I放弃了，他就躺在床上，亮着眼睛，直至天明。

失眠第三十六天。朋友介绍了I看一套关于失眠的电影，故事讲一个读艺术学院的男生，因为分手而失眠，于是，他便用失眠的时间，到超级市场工作；然后，在当夜班的时候，男主角开始思考时间的本质，而且还发现了自己有停顿时间的超能力；因此，他有了更多的时间。I明白，朋友介绍他看这电影，不是为了缓和他失眠的紧张，而是要怂恿I陪他做夜班工作。但I还是答应了。I白天继续他的教学、写作与编辑，晚上就到朋友工作的karaoke[①]店兼职。I的工作，包括送饮品与食物到房间，以及从房间送走剩余的食物与饮品。工作了三个晚上，I就觉得身体支持不住了，饭吃不下，眼耳口鼻都像盖上一层薄薄的黏膜。I辞工了。

失眠第四十八天，I抗拒床头那一包安眠药的意志

---

① 即卡拉OK，现一般称KTV。

力急速下降,就在 I 想服下人生第一颗安眠药的时候,他刚好想起曾经看过的一段微博,一个旅居法国的文化人写道:"睡前性爱,宜入睡。"I 想,既然药都可以吃(I 是一个特别讨厌服用药物的人,他感冒时宁愿多吃两颗橙,也不愿意吃药,连偏头痛也不吃止痛饼),那么,试试何妨?

I 找来存放色情电影的外置硬盘,接上,随便开了一个文件,戴上耳机,播放。就在这时,I 听到了一把女声,是那熟悉的声音,从耳朵与听筒之间的空隙传来,冰冻地说:"为什么你不看我们自己拍的呢?"

从此,他们以后在夜里团聚。

后记：金壁虎・DSM-5・收纳术

开始这个写作计划，原来已经是五年多前的事，当时，有三件事"发生"，现在回想，刚好成为这六个故事的三个脚注。

金壁虎

那时候，我还住在九龙城的唐楼，说是唐楼，但刚翻新，一梯四户，邻里关系极好，整栋楼整洁明亮。我住在最高层，连天台的单位。

单位不过两百呎的大小，却有一个小小的客厅、一间睡房、一间书房，厨房和厕所当然小得可怜，但我一个人住，倒心满意足。

我一个人住，但有一只壁虎也住进来了。

它长期驻足于厕所抽气扇底那一小片磨砂玻璃的背面，那一面向东，我每早梳洗时，总会见到阳光穿透它的腹与足,隔着玻璃射出灿烂的金黄色光芒。

壁虎就这样跟我相处了好一阵子。有天黄昏,我从受西斜之苦的书房,走到两步之距的客厅,忽见高速之物在地板上走过,我吓了一跳,也动了杀机,只见壁虎已经急乱地爬到天花板,却又失足掉回到地板上。

我们对峙了一会儿,我好怕它。但为什么呢?它不过就是那一只与我同居多时的金壁虎。

DSM－5

我曾经好喜欢在一间以服务态度恶劣而著名的茶餐厅吃炒蛋厚多士,后来这间本来就相当出名的餐厅,经传媒吹嘘后就更出名,出名得我不太想再光顾了,而这最可惜的,并不是不能再吃到那多士或奶茶,而是失去了那吃完后到旁边书店逛的习惯。

这是一间好玩的书店,专卖教科书、地图、工具书,后两者更是我的爱好。林林总总的工具书,字典、索引、指南,总是令我爱不释手,将本来杂乱无章的事物放在一个结构中而显得井井有条,应该是人类的一种执迷。

在这里,我找到了一本书,叫《精神疾病诊断与统计手册》,简称DSM,而我看到的是第五版。我翻开一看，见到的是一条接一条的"病患"，他们称之为"disorder"，例如过动症、边缘型人格异常、自恋型人格异常等等，并配有五个轴向的诊断方法，以及各种诊断指数，包括住院指数、监狱指数、自杀指数。

我读得似懂非懂，自我诊断，总觉得在种种病患描述之中，找到了自己。

收纳术

那阵子，身边的朋友很爱讨论如何"断、舍、离"，"断绝不需要的东西，舍弃多余的废物，脱离对物品的执着"，我视之为一种广义的收纳术，这是心理的收纳术，其他的收纳术则教导人如何处理家中杂物、办公室文件、睡房衣物等等等等。

这些书，我也看很多，实在称不上阅读，而是翻看，尤其在心烦意乱的日子，翻开关于收纳的书，是可以让我得到片刻平静的，仿佛看上来整齐，心就不再乱了，到心又乱起来时，也再翻翻看，像吃克制病症的药物一般。

日子有功，我也看懂了种种收纳术的底蕴：以功能为事物分类，再将其分配到不同的间隔，有条有理，层层叠叠，便称之为整齐。而在秩序以外无法分类的，最好弃置，而弃不了的，也要以杂物之名而置之，放于盒／柜／房中，关上了门，也视之为整齐。

我想，我们的社会，也好整齐，也有一种处理人的收纳术。

图书在版编目（CIP）数据

馅饼盒子 / 米哈著. -- 福州 : 海峡文艺出版社, 2020.10

ISBN 978-7-5550-2308-1

Ⅰ.①馅… Ⅱ.①米… Ⅲ.①短篇小说—小说集—中国—当代 Ⅳ.①I247.7

中国版本图书馆CIP数据核字(2020)第131170号

馅饼盒子

米哈 著

出　　　版：	海峡文艺出版社
出 版 人：	林玉平
责任编辑：	莫　茜
地　　　址：	福州市东水路76号14层 邮编 350001
电　　　话：	（0591）87536797（发行部）
发　　　行：	后浪出版咨询（北京）有限责任公司

选题策划：	后浪出版公司
出版统筹：	吴兴元
特约统筹：	朱　岳　梅天明
特约编辑：	陈志炜
营销推广：	ONEBOOK
装帧设计：	周伟伟
装帧制造：	墨白空间
插　　画：	艾　苦

印　　　刷：	天津创先河普业印刷有限公司
经　　　销：	新华书店
开　　　本：	880毫米×1194毫米 1/32
印　　　张：	5.75
字　　　数：	90千字
版次印次：	2020年10月第1版　2020年10月第1次印刷
书　　　号：	ISBN 978-7-5550-2308-1
定　　　价：	48.00元

后浪出版咨询(北京)有限责任公司 常年法律顾问：北京大成律师事务所　周天晖 copyright@hinabook.com
未经许可，不得以任何方式复制或抄袭本书部分或全部内容
版权所有，侵权必究

本书若有质量问题，请与后浪出版咨询（北京）有限责任公司图书销售中心联系调换。电话：010-64010019